I0613887

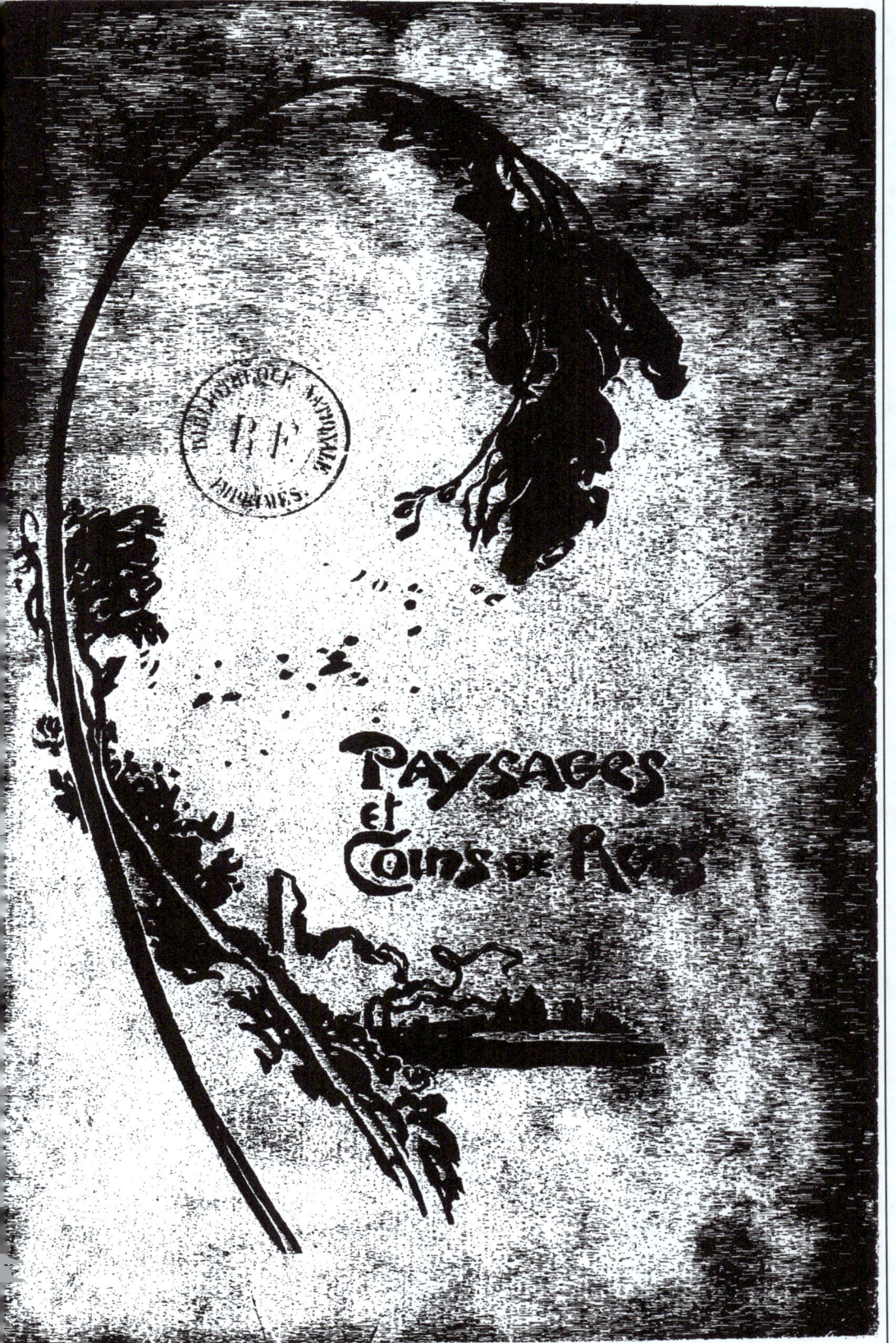

PAYSAGES
et
COINS DE RUES

Paysages
& Coins de Rues

TIRAGE UNIQUE A 250 EXEMPLAIRES

(BOIS DÉTRUITS)

25 exemplaires sur papier du Japon à la main, avec un tirage à part de toutes les gravures . . . . 1 à 25

25 exemplaires sur papier de Chine avec un tirage à part de toutes les gravures. . . . . 26 à 50

200 exemplaires sur papier de cuve fabriqué spécialement par les papeteries d'Arches . . . . 51 à 250

Paysages

ET

Coins de Rues

PAR

JEAN RICHEPIN

ILLUSTRATIONS EN COULEURS

DESSINÉES ET GRAVÉES SUR BOIS

PAR

AUGUSTE LEPÈRE

PRÉFACE DE GEORGES VICAIRE

PARIS

LIBRAIRIE DE LA COLLECTION DES DIX

10, RUE DE CONDÉ, 10

—

1900

PRÉFACE

Les pages pittoresques que l'on réimprime ici
ont paru, pour la première fois, il y a dix-huit
ans, dans le *Gil Blas*, sous la rubrique : *Chroniques
du pavé*. En 1883, Jean Richepin, modifiant légèrement quelques titres de ces chroniques hebdo-
madaires, revisant peut-être même leur texte, ce
que je n'ai pas eu le loisir de contrôler, les a
réunies en un volume in-douze plus brièvement
intitulé : *Le Pavé*. De cette édition originale du
Pavé, dont ils forment une importante partie, sont
extraits les *Paysages et Coins de rues*, aujourd'hui
luxueusement édités par la librairie de la « Collection des dix » qui a bien voulu me confier le soin
de les présenter aux bibliophiles. La mission est
fort agréable assurément ; je me demande pourtant
s'il n'y a pas quelque fatuité, voire même inuti-

lité, à barbouiller du Japon, du Chine ou du vélin pour « préfacer » un livre qui se présente si bien tout seul.

Je me souviens — souvenir hélas ! lointain d'une quarantaine d'années — de certaine pancarte qui se balançait à la devanture d'une petite boutique des Champs-Élysées et sur laquelle le brave homme qui la tenait avait inscrit : *Le bon pain d'épices n'a pas besoin d'enseigne.* Ne me demandez pas si les produits de l'humble marchand réalisaient les promesses affriolantes de l'affiche ; mes souvenirs sur ce point gastronomique manqueraient peut-être de précision ; mais je vois encore, comme si je l'avais toujours sous les yeux, cette modeste enseigne de carton, avec ses lettres inégalement tracées, les unes grandes, les autres petites, celles-ci droites, celles-là penchées, et dont l'écriture prouvait surabondamment que son auteur n'était point « élève de Brard et Saint-Omer ». Révérence parler, il en est d'un beau livre comme du pain d'épices de mon brave homme des Champs-Élysées : il n'a pas besoin d'enseigne. Tel est le cas de la nouvelle édition des *Paysages et Coins de rues* de Richepin, illustrés par Lepère et imprimés par Hérissey.

L'idée première de la publication revient à M. Charles Hérissey ; c'est lui le véritable metteur en scène de cette pièce réaliste dont Paris forme le décor et dont Richepin et Lepère font habilement mouvoir les acteurs. Depuis longtemps déjà, le Gutenberg ébroïcien, qui a tant et tant imprimé et imprime encore pour les éditeurs en vogue, souhaitait le jour où ses presses rouleraient enfin pour son propre compte. Bibliophile, il méditait d'établir pour ses confrères en bibliophilie un livre, un très beau livre, agrémenté de vignettes gravées sur bois en couleurs, digne de figurer sur les rayons de leur bibliothèque, au milieu des plus remarquables éditions de notre fin de siècle. Ce livre, ce très beau livre, il le rêvait différent de ceux parus jusqu'alors, écrit par un prince de la plume, illustré par un maître du crayon. Dès l'instant où le principe de sa publication fut admis, le choix de l'illustrateur était déjà décidé. Lepère qui avait interprété, pour M. Beraldi, les *Paysages parisiens* d'Emile Goudeau, venait d'affirmer une fois de plus l'originalité de son talent dans les *Foires et marchés* de M. L'Hopital, publiés par la Société normande du livre illustré. Ce fut sur lui que, dès l'abord, M. Hérissey jeta son dévolu ; je ne crois donc pas dépasser les limites de la vérité en avançant que la raison déterminante de cette entreprise bibliophilique a été Lepère.

Le maître du crayon choisi, restait à trouver le prince de la plume. Or, à ne considérer même que les

écrivains de notre siècle, de Chateaubriand et Balzac
à Mérimée et Daudet,

Ce n'est pas qu'il en manque,

comme on le chante dans Malborough ; nombreux
sont les poètes ou les prosateurs, les historiens ou
les philosophes, les moralistes ou les romanciers qui
ont illustré les lettres françaises à notre époque ;
c'est justement leur nombre qui rend le choix plus
difficile à faire entre eux et la difficulté du choix
grandit encore quand il est subordonné à celui déjà
fait de l'illustrateur. Dans la circonstance, ce qu'il
importait de trouver c'était un écrivain dont le talent
fût en rapport avec celui de Lepère.

Au cours d'une conversation entre l'imprimeur-
bibliophile et l'artiste, le nom de Richepin fut pro-
noncé. Du Richepin illustré par du Lepère ! La
trouvaille était heureuse, car on pourrait chercher
longtemps, sans les rencontrer, deux talents mieux
appropriés l'un à l'autre, une plume et un crayon
unis par de plus étroits liens de parenté. Aussitôt
prise, la résolution des deux complices est trans-
mise au poète de la *Chanson des Gueux.* Un texte
inédit lui est demandé. Richepin le promit-il ou
ne le promit-il point ? Je l'ignore, mais les jours
passèrent et le manuscrit souhaité ne vint pas.
Force fut donc de se rabattre sur un texte déjà publié

et je ne vois pas qu'il y ait à en éprouver le moindre regret ; car rien dans l'œuvre pourtant considérable de Richepin, rien, si ce n'est peut-être *Album inté-rieur*, ne se prête mieux au vigoureux et pittoresque talent de Lepère que ces pittoresques et vigoureux *Paysages et Coins de rues*. Auteur, artiste et impri-meur tombèrent vite d'accord ; Lepère se mit à la besogne.

Paris a été maintes et maintes fois décrit, envisagé sous tous ses aspects, analysé dans ses beautés comme dans ses verrues ; mais si longue que soit la file des auteurs qui l'ont étudié, à des points de vue divers, il reste toujours à glaner après eux. Vers le milieu de ce siècle à son déclin, Privat d'Anglemont et Delvau ont soulevé le voile sur quelques coins ignorés de la vieille cité parisienne, révélé les indus-tries ou les petits métiers, bizarres jusqu'à l'invrai-semblance, qui s'y exerçaient chaque jour, mais ils n'ont ni tout dit, ni tout vu et, quelque vingt-cinq ans plus tard, Jean Richepin pouvait encore battre le pavé et rapporter de ses promenades d'artiste à tra-vers les quartiers excentriques de la capitale les observations curieuses et suggestives qu'il a notées dans ses *Paysages et Coins de rues*.

« Il y a dans les rues des fleurs délicates qui ne peuvent être cueillies que par les poètes, comme il y a dans les cathédrales des ciselures qui ne sont vues

que par les hirondelles. » Cet aphorisme — l'un de
ceux formulés en tête du *Pavé*, — est d'une absolue
vérité. Comme les peintres, les poètes sont doués
d'une vision spéciale, et tel imperceptible détail les
frappe, les émeut qui échapperait à un monogra-
phiste de profession, fût-il le maître de la monographie. Mais peut-être les fleurs de ce bouquet cueilli
chemin faisant n'appartiennent-elles pas toutes à la
famille des fleurs délicates dont parle l'auteur de
Madame André ? Si des unes s'exhale un parfum
d'une exquise finesse, qui flatte agréablement les
narines, capiteux jusqu'à griser, combien d'autres
dégagent une odeur âcre et violente qui suffoque et
prend à la gorge ! Dans ces brèves études de mœurs,
croquées sur le vif, il y a de tout : de la tristesse et
de la joie, des chants et des larmes, des bonheurs et
des désespérances, de la nuit et du soleil, de la neige
et des floraisons de printemps ; dans ces pages émues
ou piquantes, vivantes toujours, ne soyez pas surpris
de rencontrer la poésie la plus douce, les sentiments
les plus délicats alternant avec l'argot le plus pi-
menté et les comparaisons les plus hardies. C'est que
la littérature de Richepin n'est pas, suivant sa propre
expression, une « belle et honneste dame, fardée,
maquillée... » ; sa littérature, il la définit lui-même
dans sa préface de l'édition définitive de la *Chanson
des Gueux :* « La mienne, écrit-il, est une brave et

gaillarde fille, qui parle gras, je l'avoue, et qui
gueule même, échevelée, un peu ivre, haute en
couleur, dépoitraillée au grand air, salissant ses
cotes hardies et ses pieds délurés dans la glu noire
de la boue des faubourgs ou dans l'or chaud des
fumiers paysans, avec des jurons souvent, des hoquets
parfois, des refrains d'argot, des gaietés de femme du
peuple, et tout cela pour le plaisir de chanter, de
rire, de vivre... »

En route donc, à la suite de Richepin, pour cette
excursion à travers des régions parisiennes peu con-
nues ; nous visiterons avec lui Les Ternes et Montrouge, petites provinces dans Paris, La Glacière,
Vaugirard et Levallois, bien d'autres coins encore ;
nous explorerons le pays des « Vieilles Lanternes »,
ruelles, impasses, cités de la route de la Révolte, où
s'est cantonnée l'aristocratie de la Hotte, la rue des
Partants, royaume des chineurs de « Ménilmuche »,
la Cité Jeanne-d'Arc, la rue Linné où « sont les
derniers Italiens ayant l'air d'Italiens ; et tandis que
le poète, transformé en cicerone, nous initiera à la
vie de tous ces gueux, loupeurs, loqueteux, stro-
piats ou biffins, Lepère, commentant de son crayon
magique les descriptions à l'emporte-pièce de l'écrivain, fera passer sous nos yeux une succession variée
de types bizarres, de paysages et de scènes d'une
impressionnante réalité.

Présenter Lepère aux bibliophiles à qui est desti-
née cette magnifique publication serait une formalité
ridicule.

Quel est l'amateur de livres modernes illustrés
qui ne connaît l'œuvre sincère de. cet artiste et
n'apprécie l'art si personnel de ce peintre-graveur
pour qui l'eau-forte et la lithographie n'ont pas plus
de secrets que le bois? On me permettra cependant
de rappeler ici quelques-unes des lignes que lui a
consacrées, il y a une dizaine d'années, M. Henri
Beraldi dans ses *Gravures du XIX° siècle :* « Ce qui fait
de Lepère un artiste unique en son genre, c'est qu'il
ne se borne pas à la traduction et qu'il se livre à la
gravure sur bois originale. Il est le seul. Dessinateur
spirituel et vif, il compose avec une élégante liberté,
et, parisien, prend volontiers dans l'observation du
Paris actuel les sujets de ses bois originaux qu'il
grave avec une fantaisie et un piquant très carac-
téristiques. »

Quoique la tâche eût été fort agréable, je ne puis
prétendre décrire, dans cette préface, chacune des
soixante-quatre compositions de *Paysages et Coins de
rues,* ni même en indiquer sommairement les sujets ;
le lecteur ne me pardonnerait du reste pas de lui ôter
la joie — joie toujours grande quand on tourne les
pages d'un livre — d'y découvrir lui-même les trésors
qu'il contient.

Chaque composition comporte de deux à six couleurs ; c'est donc une vingtaine de fois, en moyenne, que chaque feuille a passé sous la presse. Si l'on observe que l'ouvrage se compose de onze feuilles, on peut aisément se rendre compte du temps et du soin que nécessite un pareil tirage.

A regarder les bois de *Paysages et Coins de rues*, d'une intense vigueur malgré la sobriété de leurs tons, on éprouve une sensation absolument neuve, la sensation que produit une chose vue pour la première fois. Je n'entends pas dire que l'introduction de la couleur dans l'illustration d'un livre soit ici une nouveauté ; ce genre d'illustration qui, depuis quelques années, est particulièrement en honneur chez les bibliophiles, parce qu'il mérite de l'être, existe de longue date. Beaucoup et de très beaux ouvrages ont été illustrés de cette manière ; mais qu'ils soient ornés d'eaux-fortes en couleurs, de vignettes obtenues par le procédé, coloriées ensuite au patron, à la poupée ou à la main, tous ont été conçus avec la volonté évidente d'y reproduire le plus fidèlement possible les originaux de leurs illustrateurs, d'en donner la complète illusion. D'aucuns sont de véritables trompe-l'œil.

L'illustration de *Paysages et Coins de rues* procède d'un principe différent. C'est cette différence même de principe qui constitue l'originalité de la nouvelle œuvre de Lepère, et c'est aussi ce qui m'autorise à dire de son livre qu'il est un livre sans précédent. Il est, en effet, visible que tous les efforts de l'illustrateur ont tendu à écarter systématiquement ce qui pouvait donner à ses compositions, d'un art si personnel, l'apparence même lointaine d'un fac-similé d'aquarelle ou d'une imitation de peinture. Point de couleurs vives ni criardes, partout et toujours des tons neutres, des rouges atténués, des bleus éteints, des ocres pâles, des gris nuancés, des blancs légèrement teintés, ces blancs fournis par le papier lui-même.

Tous ces tons s'harmonisent à merveille entre eux; mais cela n'était pas suffisant; encore fallait-il, dans une œuvre essentiellement typographique comme l'est celle-ci, qu'une harmonie parfaite régnât entre le texte et l'illustration. C'est ce dont s'est avant tout préoccupé le graveur qui, pour obtenir le résultat voulu, a très ingénieusement relié la couleur de ses bois au noir de l'impression par des traits nettement affirmés.

L'art de Lepère, en tant que couleur, est tout de convention; ne cherchez point dans ses figures la pureté du dessin de M. Ingres; ne vous avisez pas de déshabiller ses bonshommes ni de faire l'anatomie de ses animaux; peut-être éprouveriez-vous quelque désillusion; considérez la masse sans vous arrêter aux bagatelles du détail. Mais, en revan-

che, si vous êtes avides de sensations violentes, si
vous souhaitez l'impression de la chose vue, si vous
voulez du mouvement, du grouillement, de la vie
en un mot, alors vous serez servis selon vos souhaits,
car nul, mieux que ce maître graveur, n'excelle à
donner le mouvement et la vie, à faire grouiller les
foules, à traduire la nature, à animer tout ce que
touche son pinceau, sa pointe ou son crayon.

Au temps d'aujourd'hui où la couverture d'un livre
a souvent, pour quelques amateurs, plus d'importance
que le livre lui-même, je serais impardonnable de
passer sous silence la couverture paysagesque et
arborescente de *Paysages et Coins de rues;* je serais
d'autant plus coupable que je commettrais un injuste
oubli à l'égard d'une jeune artiste, une enfant encore,
Mlle Suzanne Lepère, qui, de sa main mignonne,
habile déjà, a gravé cette originale fantaisie.

Cette préface est longue, trop longue, et ma cons-
cience serait bourrelée de remords si je ne savais,
comme tout le monde, qu'on ne lit pas les préfaces.
« Il est bien convenu, a dit quelque part Théophile
Gautier, que les lecteurs (pluriel ambitieux) les passent avec soin »; mais à ceux qui, par un hasard ines-
péré, ne craindraient pas de donner un démenti au
célèbre auteur de *Fortunio*, je demande très humble-
ment pardon de les avoir si longtemps retenus comme
en une sorte de purgatoire.

Qu'ils me fassent cependant la faveur de m'accorder encore quelques secondes, le temps seulement d'unir dans un même éloge les noms de Richepin, de Lepère et d'Hérissey; car, grâce au concours de ces trois maîtres, chacun en leur genre, la librairie de la « Collection des dix » a pu joindre à la liste de ses belles publications un nouveau et superbe livre, qui marquera son époque dans l'histoire de la typographie du dix-neuvième siècle.

GEORGES VICAIRE.

Baiser du Matin

PARBLEU ! qui vous dit que son baiser ne soit pas voluptueux, et suave, et grisant, à cette fille d'amour, et qui vous reproche de vous intoxiquer à ses lèvres ? A coup sûr ce baiser est un nid de saveurs fortes et douces, quand vous le cueillez sur sa bouche le soir, au dessert, dans l'enivrement de la fête. Alors il est tout parfumé par les vins à l'âme odorante, par les épices et les truffes,

1

par les fruits gonflés de soleil et de suc, par
les légers encensoirs du tabac d'Orient, par
la mousse du champagne, par le poivre des
liqueurs, par le bagout ravigotant d'une blague
endiablée, même endiablotinée, où voltigent
toutes les cantharides du désir.

Et c'est cela que vous humez tout ensemble
dans ce baiser de la fille rieuse, haute en couleur, dégrafée, dont la chair étincelle au gaz.

Mais pensez au premier baiser du réveil,
quand la peau meurtrie et talée sera moite dans
l'ombre étouffante de l'alcôve, quand les lourdes
paupières se bouffiront d'un sommeil mauvais,
quand la bouche s'ouvrira lentement et toute
pâteuse de l'ivresse à demi cuvée ; pensez à
celui-là, qui est peut-être le seul vrai, si le
poète turc a eu raison de dire :

« C'est dans le premier baiser du matin que
la femme aimée met tout son cœur. »

Et vous qui adorez Paris comme une maî-
tresse, venez un peu respirer le premier baiser
de Paris.

Les balayeurs ont fini leur besogne nocturne.
L'air est gris de la poussière qu'ils ont sou-

levée ; une poussière fade qui ne sent pas même la terre, mais bien la crasse.

Le long des trottoirs, les tas d'ordures sont amoncelés, pleins de détritus sans nom, trognons, raclures, relavures, débris de mangeailles, qui déjà fermentent et accouplent tous leurs relents dans un rut de puanteurs.

Les tombereaux s'emplissent peu à peu de ces cadavres végétaux, et promènent par les rues une procession de pourritures.

Comme tout est encore tranquille, l'air n'est pas agité par la marche des rares passants, et, de chaque regard d'égout, une fumée pestilente s'exhale et s'étale silencieusement en vapeurs tièdes.

Cependant, les boutiques s'ouvrent une à une, faisant couler au dehors l'odeur de renfermé qu'elles ont accumulée pendant la nuit. Des plus propres sort une bouffée de remugle qui semble fluer lourdement de la devanture.

Les mastroquets sentent la vinasse écœurante et la rinçure des alcools frelatés qui ont mordu le zinc du comptoir. Le sable du parquet y est devenu mol, mouillé, boueux, une espèce de mortier où s'amalgament les crachats, les culots de pipe et les vomissures d'ivrognes.

Les cafés désempilent leurs tables poisseuses, battent leurs banquettes imprégnées de fumée âcre, vident leurs recoins semés de mégots et de bouts de cigare. Cela fleure le tabac éteint et humide, le marc de mazagran dix fois rebouilli, les cartes grasses, la bière aigre et le fond de culotte.

Et voici, pour corser tous ces parfums et leur donner la note aiguë, voici passer au galop le *corbillard de loucherbem*, l'immonde voiture qui vient ramasser dans les boucheries la viande gâtée. Verte, quasi liquide, bientôt grouillante d'asticots, la chair corrompue tressaute dans la grande caisse noire, qui laisse derrière elle par les rues une traînée d'amphithéâtre ambulant et d'abominable charogne.

Ainsi, Paris qui s'éveille pousse d'abord un

soupir qui pue, et son haleine du matin est l'haleine la plus forte que la terre envoie au ciel.

Mais la fille qui s'étire dans l'ombre étouffante de l'alcôve, les paupières bouffies d'un sommeil mauvais, la bouche pâteuse de l'ivresse à demi cuvée, cette fille a néanmoins un homme qui l'aime, un homme que son premier baiser ne dégoûte point.

Et de même Paris a ses adorateurs, qui ont respiré plus d'une fois son haleine du matin, qui savent combien elle est terrible, qui en ont eu la gorge serrée et le ventre à retourne-boyaux, et qui cependant ne peuvent se passer de cette gouge à la bouche de peste.

Montaigne l'aimait jusque dans ses verrues. Mais qu'est-ce que c'est que ça, des verrues, à côté de ce premier baiser du réveil ? Pour ne pas mourir de vomissement à ce premier baiser, il faut être ce que nous

sommes, nous tous qui aimons cette gueuse
de ville, il faut être des dépravés innocents,
amants de cœur d'une vieille gouine.

La Féerie de la Rue

'ENTENDS féerie au sens moderne du mot, ou plutôt au sens parisien, féerie signifiant une pièce à décors, à trucs, à transformations, à personnages allégoriques, où les légumes parlent, où les machines à coudre chantent des rondeaux, pièce stupide s'il en fut.

Et dire qu'on paie huit francs des fauteuils pour aller contempler ça ! Mais regardez donc autour de vous ! C'est bien plus drôle et ça ne coûte rien.

Vingt pas dans une rue, au hasard ! Voici ce que j'ai vu et entendu.

Une grosse courge tient par le bouton de l'habit un petit melon.

La courge parle, vite, vite. Le petit melon prend des notes sur un carnet en cuir de Russie, vite, vite. Quelles cucurbitacées pressées !

— Nous disons donc : fin courant, 93 45 ; libérées, numéros 1,327, 28, 29, 30, 31. Voir Masson, à sept et demie. Report, néant. Répondre non à Lévy. Cinq cinquante un tiers, à prime.

Et ainsi de suite pendant un quart d'heure.

A côté, un saucisson décoré, à un autre saucisson non moins décoré :

— Mon cher, c'est inévitable. Une crise en amène une autre, sacrebleu ! Ils ont beau gueuler. C'est nous qui jouerons le dernier acte de la comédie, credieu ! A propos, savez, Robinot est passé au choix. C'est infect.

Entre deux échalas qui ont entendu les saucissons :

— Hein ! ces brav' m'itaires ! Toujours le régime du sabre !

— Bah ! ça vaut bien le régime du sable.

— Un mot ! Je le pige.

— Tra la la ! C'est moi qui l'ai fait.

— Oui, mais je te l'ai suggéré.

Passe une petite caille, dandinant son derrière et portant au bout de l'aile un grand carton carré. Elle est suivie par un bouledogue qui porte, lui, environ cinquante ans. Chose singulière, c'est la caille qui montre les dents, tandis que le bouledogue courcaille :

— J'paie tes dettes, j'paie tes dettes.

Bousculade ! Entre la caille et le bouledogue, deux bâtons de papier mâché, avec un pif en trompette, se précipitent ensemble sur un petit morceau de chose noire, gluante, fumante, que le bouledogue vient de jeter. Le premier bâton de papier mâché saisit ce bout de cigare mâché ; mais l'autre le lui prend et le fourre dans sa bouche en disant :

— Laisse donc ! Puisque tu ne chiques pas.

Sur le bord du trottoir, presque en file indienne, trois pivoines forment chapelet. Une pivoine dans un cornet blanc, traîne une autre pivoine dans des rubans jaunes, laquelle traîne la dernière pivoine, plus petite, dans un col marin. Une quatrième pivoine, coiffée d'un pot en cuir bouilli, les regarde, assise sur une boîte à thé.

— M'man, suis fatigué, geint la pivoine minuscule.

— V'là, mon bourgeois ! crie la pivoine perchée.

— Oh! nous prendrons l'omnibus, soupire la pivoine aux rubans.

— Gustave, tu n'es jamais content, grogne ·la pivoine en cornet. Va donc *pedibus cum*

jambis. Il faut t'habituer à marcher, pour la revanche.

— Tas de panés! hurle la pivoine à fouet.

Et les courges, les melons, les saucissons décorés, les échalas, les bouledogues qui chantent, les petites cailles qui montrent les dents, les bâtons de papier mâché, les pivoines, et un tas d'autres grotesques, tout ce personnel de

féerie va, vient, se cogne, s'injurie, grouille,
joue des coudes, joue des badigoinces, et chacun
dit son couplet dans une langue que le voisin
n'entend pas.

Quel est l'auteur de la féerie? Où est le régis-
seur? Où est même le public? Y a-t-il une
intrigue? Y aura-t-il un dénoûment? Personne
n'en sait rien. Personne non plus ne s'en occupe. Les acteurs ne s'aperçoivent seulement
pas qu'ils sont en même temps spectateurs et
qu'ils se sifflent entre eux. C'est le comble de
la féerie, lisez de l'ahurissement et de la bêtise.

Et on dit que l'esprit court les rues !

C'est apparemment parce que tout le monde
le perd.

L'Italie pour Trois sous

AIMÉZ-VOUS l'Italie? Moi, j'en suis revenu. Excepté pour les peintres et les archéologues, c'est le voyage le plus décevant du monde.

On part, sur la foi de Musset, du romantisme et des Guides-Conty; on est longuement bringueballé depuis Modane dans des trains-omnibus empuantis de crasse et de mauvais cigares; on est écorché dans des hôtels tenus par des Suisses, et, en fin de compte, on ne voit nulle part les Italiens rêvés, au costume éclatant, ni l'Italie qu'on s'imaginait, aux mœurs originales, étranges, poétiques, pittoresques.

Le vermout *di Torino* est une médecine qui sent la pharmacie. Le Falerne est un gros vin épais qui donne le déboire et peut se mettre en tartine comme du raisiné. Les Italiennes ont des voix de rogomme. Le macaroni lui-même est surfait. Parole d'honneur, on le réussit mieux chez nous !

Quant aux vêtements bariolés, bonsoir ! On n'en rencontre qu'à Rome, aux environs de la place d'Espagne, où les Chauchards et les Chauchardes viennent pour servir de modèles à nos peintres de la villa Médici. A part ce coin, toute la Péninsule est habillée par Godchau.

Après de tels aveux, vous pensez bien que je ne vais pas vous proposer un voyage par delà les monts.

Si toutefois vous êtes férus quand même du désir qui pousse les *Cooks' tourists* vers le pays où fleurit l'oranger, écoutez-moi bien ! Je peux

vous aider à satisfaire cette passion ridicule ; et
cela, moyennant la faible somme de quinze cen-
times, trois sous, juste le même prix que pour
les chalets de nécessité.

Vous prenez l'omnibus de Batignolles-Jardin-
des-Plantes, et vous allez jusqu'à la place Jussieu, derrière l'Entrepôt des vins, au bas de la
rue des Boulangers. C'est là que sont les derniers Italiens ayant l'air d'Italiens.

Le soir, cette petite place vous donnera l'illusion complète que vous chercheriez en vain dans
tous les coins de la Botte, et vous pourrez fre-
donner en pleine couleur locale la *Mandolinata*
ou

Sorrente, Sorrente,
Sur ta plage odorante...

Il y a là des Romaines
aux lourdes épaules, au
tablier rouge, des Trans-
tévérines avec leur ga-
lette aplatie au-dessus du
chignon, des Napolitaines en corsage bariolé, des
pinceurs de harpe, des racleurs de jambon, des
pifferari soufflant dans leur outre, des justau-

corps en peau de mouton, des jambières en poil de bique ; et certains hauts chapeaux pointus, apparus brusquement derrière un arbre, vous feront songer au bandit calabrais qui illustrait les romances il y a quarante ans.

Vous verrez grouiller des marmots vêtus de loques multicolores. Vous entendrez marmonner des vieilles au teint recuit, comme passé au jus de réglisse des fausses vieilles peintures. Vous vous heurterez à des couples qui roulent des yeux comme Rossi dans *Hamleto*. Vous trouverez au bout de vos pieds des joueurs vautrés à terre, et se chamaillant en mots brefs, avec les doigts ouverts ou les poings fermés, pour un coup douteux de *mourra*. Vous vous régalerez enfin de cette langue divine, langue du Tasse et des anges, dit-on, et qui ressemble si fort au charabias de nos porteurs d'eau.

S'il vous plaît de pénétrer plus avant dans les mœurs et la vie intime de ces macaronistes, descendez la rue Linné. Vous rencontrerez là, sur la gauche, un lavoir, puis un friturier, lequel, entre parenthèses, vend des merlans recommandables pour cinq sous. Entre le lavoir

et le friturier, si je ne me trompe, s'ouvre la
porte cochère de la maison, ou plutôt de la
caserne, qui sert de caravansérail à la colonie
italienne.

Musiciens ambulants, vendeurs de plâtres
moulés, mo-
dèles des
deux sexes,
ils sont là
dedans au
moins deux
cent cin-
quante.

Parfois
on y voit de
jolies filles.
Jadis, sor-
taient de là, tous les soirs, pour aller chanter
dans les cafés du quartier latin, deux sœurs,
dont l'une était boiteuse et avait bien la plus
ravissante figure de Madone qu'on pût rêver.
Deux yeux à la Vinci ! Une morbidesse quasi
mystique ! Combien de cœurs d'étudiants ont
battu, quand elle roucoulait, en s'accompagnant

3

sur son violon appuyé à la cuisse, l'air banal et
berceur de Santa-Lucia !

Pour moi, je l'avoue, mes impressions les
plus nettes, les plus vives et les plus charmantes
sur l'Italie, c'est de la place Jussieu que je les
ai rapportées.

J'étais revenu du voyage, furieux contre
Musset, contre le romantisme et contre les
Guides-Conty, qui m'avaient fait manger des
côtelettes d'agneau frites, boire de la boue
vineuse, affronter les hôtels pleins de Suisses
et de punaises, fumer du tabac en feuilles de
chou, et tout cela pour rien, pour voir un pays
où les locomotives sont anglaises, les garçons
de café allemands, les pièces de dix sous en
papier-monnaie, les indigènes vêtus *à l'instar*
de Paris, les hommes braillards et les femmes
hommasses.

J'avais conservé une rancune à l'Italie de ma
désillusion. Je me suis raccommodé avec elle,
avec Musset, le romantisme et les Guides-Conty,
quand plus tard j'ai demeuré rue des Boulangers et rue Guy-de-la-Brosse.

Aussi, croyez-moi, si vous aimez l'Italie,

comme ça, de chic, sans savoir, sur la foi de votre imagination, n'allez pas en Italie. Prenez l'omnibus des Batignolles-Jardin-des-Plantes et descendez rue Linné. C'est là que sont les derniers Italiens ayant l'air d'Italiens. C'est là que s'est réfugiée la vraie Italie, la seule, celle de nos rêves ! *C'est là, oui, c'est là* (musique d'Ambroise Thomas) !

Le Carreau des Halles

'EXPRESSION tombait en désuétude ; elle va revivre avec la chose ressuscitée. On peut voir, cette année, le carreau des Halles dans son pittoresque fouillis, dans son déballage grouillant et bariolé. Il s'étale au bord des larges trottoirs de la rue Centrale. Ses éventaires en plein vent sont les baraques de ce court et fourmillant boulevard des pauvres.

Le long du mur est toujours galonné du ruban vert qu'y font les marchands des quatre saisons. Mais le débordement des choux est refoulé tout contre, et le long de la chaussée a changé sa dentelle de légumes contre les broderies écla-

tantes des jouets, du linge, de la porcelaine, des bibelots, de la ferraille, des étoffes.

Ces trottoirs, si curieux déjà et si pittoresques d'ordinaire, sont encore égayés et ranimés par ces bandes aux tons divers, qui se font pendant comme les deux lisières de couleur d'une tapisserie orientale.

Et pourtant, combien peu précieux sont les éléments de ce riche coup d'œil ! Pour donner cette impression de coloris varié, de galons éclatants, de tapisserie exotique, il suffit de légumes à quelques sous le tas et de riens dont on peut s'emplir les poches avec un franc.

Mais c'est qu'aussi deux artistes merveilleux, incomparables, ont fourni ces choses à bon marché et se sont mêlés de leur arrangement; et ces deux artistes s'appellent la Nature et Paris.

La Nature a fourni ces légumes, dont les formes, les nuances, la physionomie, trop familières pour que nous les remarquions habituellement, sont devenues banales à nos yeux, mais exciteraient à coup sûr l'imagination de quelqu'un qui les verrait pour la première fois. J'ai l'air d'affûter un paradoxe ; mais réfléchissez! Supposez un poète, un peintre, un curieux seulement, à qui ces aspects seraient étrangers et nouveaux ! N'admirerait-il pas ces cônes au ton indéfinissable, ni rouge, ni jaune, ni rose, qui portent un panache de plumes vertes ou une collerette de Chantilly teinte dans de l'émeraude fondue ? N'admirerait-il pas ces boules d'un ton crémeux, terminées par une pointe d'albâtre filé ? Ne pousserait-il pas des oh! et des ah! devant ces sceptres élégants dont la poignée en nacre est ornée d'une houppe en soie et dont le bout s'épanouit en un bouquet de rubans satinés? Et pour nous ces cônes sont des carottes, ces boules des navets et ces sceptres des poireaux.

Paris, de son côté, a fourni ces riens dont le tas s'harmonise comme les morceaux de verre d'un kaléidoscope : ces joujoux en bois peinturluré, ces faïences grossières, ces bonnets en fausse guipure, ces calicots misérables, ces ferrailles dépareillées, tous ces objets sans valeur auxquels cependant il a mis sa signature de maître, ici dans une ligne élégante, là dans une couleur imprévue, ailleurs dans le chiffonnage ou le coup de pouce qui n'est rien et qui fait tout.

Et voilà comment ces légumes, d'un côté, et cette camelote, de l'autre, se trouvent former un ensemble amusant aux yeux. Voilà comment, en enfilant d'un regard le trottoir, sombre au milieu sous la foule, illuminé à chaque bord par les taches des éventaires, j'ai vu distinctement une grande bande de tapisserie orientale, toute brochée de soie, de velours, de laines multicolores, brodée de filigranes, de saphirs, de rubis, d'émeraudes, aveuglante comme un arc-en-ciel de nuances et de pierreries, tandis qu'à côté de moi un petit voyou glapissait :

— A deux sous toute la boutique, à deux sous !

Il Fait Froid

La Première de l'Hiver.

Ça y est ! Monseigneur l'Hiver va faire son entrée en scène.

Les trois coups ont été frappés, et bien des fois déjà, par la lourde cognée de l'Auverpin qui fend des souches sur le sonore pavé des cours.

La rampe a été haussée brusquement. Sur le rideau du ciel, le clair soleil de novembre plaque sa lumière d'une blancheur éblouissante.

4

L'orchestre a joué son ouverture, la symphonie automnale dont la basse mélancolique est grondée par lès lamentations du vent, tandis que dans la cheminée le feu pétille, ronronne, siffle, éclate en arpèges, se disputant avec la bouillotte qui pique des trilles interminables et perle de fantastiques vocalises.

Le rideau s'est levé sur le féerique décor de la Toussaint, tout doré et mordoré de pampres jaunis, de branchages roux, de feuilles mortes. Dans Paris même, ces vagabondes feuilles mortes enchevêtrent leur ronde à la fois lugubre et burlesque, semblables à des fantômes d'enfants qui danseraient une farandole.

L'orgue de Barbarie rythme ce ballet, et moud la vieille romance qui vient battre de l'aile contre les vitres closes :

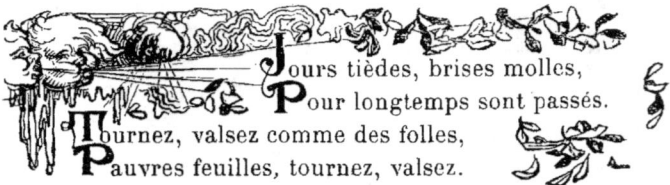

— Jours tièdes, brises molles,
Pour longtemps sont passés.
Tournez, valsez comme des folles,
Pauvres feuilles, tournez, valsez.

Et voici les comparses du drame qui sortent des coulisses : les Bises aux joues gonflées, les

Gelées au nez rouge, l'Onglée aux doigts bleuis, les Roupies diamantées, les Stalactites de givre qui pendeloquent les moustaches.

Çà y est ! Monseigneur l'Hiver va faire son entrée en scène.

Rien de charmant comme le premier acte de ce drame, dont les derniers seront si farouches et si tragiques ! C'est la comédie et même la farce qui se donnent tout d'abord la réplique en coquetant et parmi les éclats de rire.

Les femmes ont un petit moure enluminé de laque rose. Le lobe de leur oreille ressemble à une fraise, qu'on a envie de mordiller. Sous la voilette, leurs yeux piqués par le froid ont une humidité langoureuse. Leurs menottes ne demandent qu'à être longuement pressées. C'est le moment des rentrées frileuses, où l'on vient s'asseoir sur les genoux de l'homme aimé ; et jamais le nid tiède n'a été plus réchauffé de caresses.

Et l'esprit aussi, comme la chair, est fouetté par les bises inattendues. Le gamin est plus gouailleur. L'ouvrier a le sang aux pommettes. Les paroles chantent ou ricanent, dans l'air léger, avec des vibrations plus métalliques.

On s'amuse du jet de fumée qui fait panache aux naseaux des bêtes. On blague les vieux claque-dents qui se renfrognent au fond de leur cache-nez. On crie en passant près des chiens affairés, pour les voir filer sur la terre sèche, la tambourinant de leurs ongles, et traînant au ras du sol leur queue raide comme celle d'une poêle.

Puis, il y a les marrons, *chauds, chauds les marrons*, qu'on épluche au pas de course, et dont les peaux écrasées bruissent ainsi qu'un crachement d'ivrogne. Essayez ce jeu derrière un monsieur grave, et vous verrez de quel air il se retournera, croyant qu'on a contaminé le pan de sa houppelande.

Oh ! le joli premier acte, qui fait plaisir à tous, au pauvre et au riche ! Bravo, la gelée de novembre ! Bravo, les feuilles mortes qui viennent coller à la boutonnière du passant des décorations imprévues ! Bravo, le frisque du matin, qui ravigote le sang, qui cingle la vie, qui rend les hommes plus alertes, les enfants plus joueurs et les femmes plus désirables !

Bientôt, hélas ! le drame se corsera lugubrement. Après les comiques du début, viendra le
traître, le grand Froid qui durcit les veines, qui
engourdit les courages, le Froid qui poignarde
et qui tue.

Monseigneur l'Hiver aura fait alors son entrée
en scène, et se démènera en pleine tragédie. Un
roi superbe, il faut l'avouer, avec son manteau
en velours de brume, doublé de neige pour hermine, avec sa barbe floconneuse, sa voix de
tempête et son regard de glace. Mais que de
victimes sur son passage ! Et quels sombres
estafiers lui font cortège ! C'est la Faim, le
Manque-de-feu, la Fièvre, le Vent aigu four-
rant sa baïonnette dans les mansardes, la
Phtisie collant ses lèvres violettes à la bouche
des nouveau-nés.

Oh ! le terrible drame, plein de meurtres,
plein de cris et de sanglots ! Et comme le
vieux bonhomme Misère va souffrir encore à
se défendre contre son bourreau, contre son
tourmenteur, contre monseigneur l'Hiver, ce
Torquemada des saisons ! Pauvre bonhomme
Misère ! N'est-ce pas déjà son râle qu'on en-

tend dans les bises sifflantes qui déferlent au coin des rues ?

Non, heureusement ! Monseigneur l'Hiver n'a pas encore fait son entrée en scène. Nous ne sommes qu'au premier acte. On vient seulement de lever le rideau sur le féerique décor de la Toussaint ; et ce râle qui bat des ailes contre les vitres closes, c'est la mélancolique cantilène de l'orgue de Barbarie, qui égrène la vieille romance :

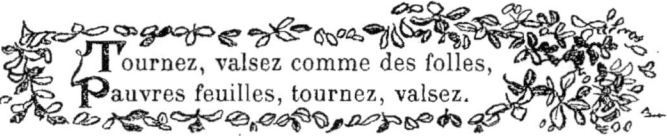

Tournez, valsez comme des folles,
Pauvres feuilles, tournez, valsez.

Et la pièce en est encore à ce moment délicieux, où finit l'ouverture, parmi les arpèges de l'âtre et les trilles de la bouillotte, tandis que les arbres, semant leurs feuilles jaunes du bout de leurs bras amaigris, semblent des vieillards prodigues qui jettent aux quatre vents des envolées de louis d'or.

de Décembre

Il a reparu, l'ami soleil. Bravo !

Encore bien débile, bien pâlot, bien *mouche*, dirait Gavroche. Il s'est levé dans le brouillard gris, comme emmitouflé dans de la ouate sale, et faisait penser à un catarrheux risquant sa première sortie. Mais enfin il a mis le nez dehors, il nous a montré sa bonne figure ; il fait ce qu'il peut, et il faut lui crier bravo, pour l'encourager.

Comment ! Il n'est pas beau ! Mais l'avez-vous regardé vers midi, quand il a fini par ôter son cache-nez de brume ? Sa face, rougeaude au matin et d'un rouge maladif alors, encore congestionnée par le froid aigre du réveil, s'est épanouie, nette et claire, au milieu de la journée. Des rayons d'or se sont éparpillés autour de sa tête, ainsi qu'une opulente chevelure, débarrassée enfin d'un lourd bonnet fourré, et qu'on fait bouffer en y passant la main, et qui flotte et resplendit dans la lumière.

Certes, il est beau, et les choses et les êtres le disent assez en se remettant à vivre, en retrouvant l'éclat, la forme, la couleur, sous son divin sourire qui pénètre et fait éclore, même au cœur de l'hiver, la joie, cette éblouissante perce-neige.

Voici que la peau rugueuse des travailleurs s'est détendue, amollie, et n'a plus l'air d'être en chagrin, comme leurs pensées, qui, elles aussi, deviennent moins dures. Voici que les femmes n'ont plus un radis au mitan de la face, mais bien leur joli petit nez rose, encore un peu plus rose qu'à l'ordinaire, je l'avoue, pas d'un rose trop vif cependant. Au lieu d'un radis laid, on voit tout au plus briller sous la voilette un rubis balais.

Et les bêtes, les chevaux, les chiens ! Tous ces jours derniers, ils semblaient des tuyaux de poêle crachant une noire fumée de charbon de terre. Aujourd'hui, le soleil chatoie dans la buée bleue de leur haleine avec des nuances tendres d'opale fondue.

Et les cristaux qui s'allument, les diamants qui scintillent, les girandoles à facettes qui papillotent aux fontaines publiques, les morceaux de miroir qui jettent leurs éclairs dans les ruisseaux, les aiguilles de lumière filée qui dentellent le bord des gouttières, qu'en dites-vous ? Et même, sans sortir de votre chambre bien chaude, sans quitter le coin de votre feu, contemplez-moi un peu sur vos vitres ces merveilleuses fleurs, ces acanthes moirées où les rayons joyeux accrochent le prisme de l'arc-en-ciel, et osez encore prétendre qu'il n'est pas beau, ce soleil de décembre, qui change nos carreaux vulgaires en vitraux d'une féerie étrange et flamboyante !

Bravo, ami soleil ! Bravo ! Et ne t'en va pas après cette éblouissante apparition. Oui, tu es beau, et bon, et joyeux, et consolant surtout, consolant, si tu nous renouvelles l'espoir d'un temps plus doux, si tu veux bien revenir demain encore, et après-demain aussi, et tous les jours, pour chasser ce vilain froid qui rend rugueuse la peau des travailleurs, qui met un rouge incongru sur l'adorable museau des femmes, qui

5

nous recoqueville, nous raidit, nous engourdit, et poignarde lâchement dans les mansardes les pauvres diables et les petits enfants.

Reviens donc ! Ne t'inquiète pas de la boue, du gâchis, de l'humidité sale et visqueuse que feront les cristaux et les diamants où nous admirions hier le jeu de tes fantaisies radieuses. N'aie pas peur que nous te maudissions pour nous faire patauger dans les immondices du dégel. Reviens, et nous bénirons, non seulement toi, mais ces immondices, cette humidité, cette boue ; et nous rirons de nos pieds mouillés, de nos habits crottés, pourvu que nous ayons ton gai baiser sur les yeux et ta chaude caresse dans le cœur.

Reviens, et dans la fange des rues nous croirons voir le sang noir de l'Hiver qui se sauvera, déchiré par tes flèches de flamme, ô vainqueur des monstres, ô père de la vie, ô divin Archer !

La Glissade

— Gare de devant !

— Poursuite !

Et la file se lance sur la glace, avec des cris, des rires, des piaulements, comme un train de plaisir qui part.

On est à la queue leu leu, les mains sur les épaules de celui qui vous précède, la nuque chauffée par le souffle de celui qui vous suit, les jambes emboîtées entre deux autres paires de jambes, tiré par devant, poussé par derrière, à la merci du chef de file, ou *preu*, qui n'a qu'à broncher pour vous faire tous aplatir, pêle-mêle, dans une omelette de chapeaux bossués et quelquefois de nez saignants.

Tant pis pour les grincheux ! Ici, quand on culbute, le mot d'ordre est de trouver ça drôle.

D'ailleurs pas de ja-
loux : tout le monde,
plus ou moins,
prend à son tour,
un billet de par-
terre. On compte les
fonds de culotte qui n'ont
pas l'air de s'être assis dans
la farine. Ils en paraissent même
ridicules, honteux, presque indé-
cents, comme si cette poignée de neige
était une façon de feuille de vigne qui leur
manque. Un glisseur sans la plaque blanche
au derrière, c'est aussi peu naturel qu'un
prince sans crachat sur la poitrine.

Des princes, on n'en trouve pas des tas dans
les *poursuites*. Quelques bourgeois s'y hasar-
dent ; petits bourgeois du reste, employés en
rupture de bureau, commerçants au détail, qui
sont en course et qui se rappellent leur jeune
temps d'apprenti, commis avec un paquet sous
le bras, tous reconnaissables au bas de leur
pantalon soigneusement retroussé. Des fils de
bourgeois, il y en a un peu plus, des collégiens

surtout, le képi en crânes, la cigarette au bec, les bas bleus. Mais tout cela, c'est la minorité.

Le vrai public des glissades, c'est le peuple : la glissade est le patinage du pauvre.

Le paletot-bourgeron ou la blouse, la casquette, la culotte de velours à côtes, le soulier ferré, la galoche, voilà l'uniforme, en général. Et on voit bien que ceux qui le portent sont les habitués de la glace, les héros de ce turf, les malins, quoi ! Quand la galerie applaudit, vous pouvez être sûr que c'est un d'entre eux.

Bravo, Polyte !

Regardez-le partir, le gavroche *qui la connaît dans les coins.* Cinq ou six pas de course précipitée, puis un claquement sec du talon gauche pour donner l'élan au pied droit, et mon galo-

pin file comme une flèche. Quelle aisance !
Quelle grâce même ! Tantôt les pieds joints, en
chandelle; tantôt accroupi, faisant *la petite bonne
femme;* tantôt sur un pied, le corps en avant,
comme le génie de la Bastille. Il a beau avoir
le nez rouge et morveux, les oreilles sales, les
mains gercées, il est joli, et on l'admire. C'est
le roi de la glissade. Bravo, Polyte !

Je vous jure qu'après l'avoir regardé on
trouve laids les bonshommes de pierre, debout
autour du bassin, qui représentent la beauté
antique, et à qui la neige met du coton dans
les oreilles, de la charpie dans les yeux, et une
roupie de glace au bout du pif.

Rêverie Blanche

On blague volontiers les bourgeois qui aiment à posséder un coin de jardin. C'est un cliché rebattu, de tourner en ridicule leur tonnelle chauve, leurs arbustes pareils à des manches de balais, leur gazon grand comme un tapis de billard hollandais, et leurs maigres plates-bandes qui font penser aux petits enclos fleuris d'une concession temporaire.

Je ne sais trop, en effet, quel plaisir peuvent trouver les bourgeois à ce bout de nature. Mais, ce que je sais bien, c'est le charme merveilleux qu'y rencontrent les poètes, les rêveurs, les imaginatifs, tous ceux dont l'esprit nomade est toujours prêt à partir en voyage sur l'appel évocateur d'un tableau à peine entrevu.

C'est ainsi que là, devant un jardinet plein

de neige, des paysages sans fin m'apparaissent, des paysages où la blancheur prend toutes les formes et tous les aspects, des paysages féeriques, et que pourtant je vois réels.

Ces arbres, dont les branches sont des filigranes d'argent, je me perds dans l'inextricable fouillis de leurs arabesques embrouillées, enchevêtrées, en mille figures capricieuses, et j'y contemple un invraisemblable dessin géométrique, absolument étrange, avec ses lignes tracées dans tous les sens, à tous les plans, et toutes également blanches, et toutes se détachant quand même sur la blanche profondeur sans ombres.

Ces plantes, duvetées d'une ouate tremblante. dressent leurs tiges et leurs feuilles comme autant de plumes délicates, et font des panaches à la fois épais et fragiles, plus lourds que des pompons de laine, plus légers que des houpettes de coton, plus aériens que les fumées de plumes qui s'envolent derrière la course affolée d'une autruche.

Et par terre, ces mousses poudrées, ces gazons disparus, tout ce blanc d'une douceur infinie, n'est-ce pas une ineffable et miraculeuse fourrure, auprès de quoi l'hermine elle-même paraîtrait grise à l'œil et rude au toucher ? N'est-ce pas un tapis fait exprès pour les pieds mignons de Sylphes moins pesants que des bulles, de Sylphes valsants et tournants qui bondissent sur ce velours sans y laisser de trace ?

Car c'est bien eux et leurs sœurs les fées, que l'on voit ainsi mener une ronde sous forme de flocons, et l'on a beau regarder où ils tombent, où ils se posent comme des oiseaux, nulle part on ne peut distinguer leurs vestiges, sur ce parquet moelleux où la patte des oiseaux fait pourtant un grand trou en étoile.

Mais voici que cette pelouse, d'une blancheur unie, éveille des idées de désert sans limites. Là-bas, le mur disparaît, le mur qui bouchait l'horizon ; et à sa place surgit un horizon imaginé, lointain, comme au bout de steppes infranchissables et de solitudes immaculées.

Ce sont les plateaux de la haute Asie, sous un jour blafard, dans un décor presque polaire. C'est l'immensité blanche.

Et, dans cette immensité, tout petits, tout perdus, voici que s'avancent les Tartares, les peuples errants, les vieilles races touraniennes qui fuient le ciel inclément et partent à la conquête des pays attiédis.

Ils vont, sans jamais s'arrêter, guidés par un instinct pareil à celui des oiseaux voyageurs.

Ils vont, mangeant la chasse tuée en marche, buvant le lait des juments.

Ils vont, sans enterrer les morts qui tombent en route.

Ils vont, et ils chantent.

Ainsi la pensée agile et vagabonde évoque des paysages féeriques et pourtant réels, des dessins d'invraisemblable géométrie, des panaches de plumes merveilleuses, des tapis de velours et de fourrures chimériques, des ballets de Sylphes, et les grandes et mystérieuses migrations des Nomades caravanant à travers le désert ; et tout cela, elle l'évoque, tandis que les regards sont fixés sur un simple petit jardinet de bourgeois, sur un jardinet plus petit qu'un salon de banquier, mais sur un jardinet qu'emplit et illumine la grande Neige.

Gâteau à la Neige

J'ai fait hier concurrence à Nordenskjold. J'ai découvert le royaume de la neige, avec ses mélancolies de silencieuse blancheur et ses gloires de féerie boréale.

Oh ! pas bien loin de Paris, allez ! Entre Paris et Asnières. Vous voyez que ce n'est point tout là-bas, tout là-bas. Avec dix sous pour payer le tramway, et un peu d'imagination pour regarder le tableau, tout le monde peut s'offrir cette fête.

Vous descendez à Levallois, vous traversez Champerret, vous arrivez à la Seine, vous tournez à gauche, comme si vous alliez à l'île de la Grande-Jatte, et vous vous arrêtez à mi-chemin des premières maisons de Bineau.

C'est là. Fermez les yeux, pour oublier que vous êtes si près de la grand'ville, pour vous

débarbouiller la cervelle des images parisiennes :
boutiques du jour de l'an, cohue des promeneurs, fourmillement des voitures, affiches élec-
torales faisant ressembler les murs à des palettes
d'impressionnistes. Là, maintenant que vous ne
pensez plus du tout au boulevard, quitté il y a
une heure, maintenant que votre esprit est prêt
à recevoir une sensation neuve, rouvrez les yeux
et contemplez.

Devant vous, de l'autre côté de la Seine, le
coteau de Bécon s'enlève en une grosse masse
blanche sur le fond gris du ciel. Les maisons y
ressemblent à des roches énormes, éboulées
dans quelque cataclysme de glacier séculaire.
Les arbres du parc, avec leurs grands bras nus
girandolés de givre, ont l'air de stalagmites
cristallisées. Les peupliers, dont les menues
branches disparaissent à travers la ouate de la
neige qui tombe, se dressent comme des jets
d'eau qui se seraient soudainement figés en
l'air.

Retournez-vous. Voici des cheminées d'usine,
pareilles à des aiguilles, à des obélisques d'*ice-
berg*, tandis qu'au loin Paris se fond sous l'ava-

lanche, faisant songer à une côte noyée dans l'estompe décevante d'un mirage polaire.

D'ici à Levallois, une plaine qui paraît sans fin. Pas de murs, pas de clôtures, dans ces terrains vagues, où la toison molle du ciel peut s'étaler à loisir, où la rafale peut disperser à son aise les tourbillons de ses froides marguerites effeuillées.

Par moments, quand on est au centre d'un de ces vols de flocons, la joue fouettée par les ailes innombrables de tous ces petits oiseaux blancs, les yeux aveuglés par leurs rondes papillotantes, on se croit perdu dans un désert sibérien. Les bruits de la cité prochaine, assourdis par l'épaisseur du coton flottant, semblent ce vague et confus murmure qui vient on ne sait d'où dans les immensités solitaires. On perçoit seulement le monotone clapotis de la Seine, comme celui d'une marée déferlant dans un trou de glace ; et le sifflet lointain de quelque locomotive évoque l'idée d'une baleine qui vient dégorger ses évents avec deux jets de vapeur sonores.

Les loups ! les loups ! L'illusion est si forte,

qu'on pousse ce cri, à l'aspect de misérables chiens rôdeurs, en train de gratter la neige pour fouiller dans un tas d'ordures ; et ces maigres apparitions, avec leur queue ramenée sous le ventre, leur poil bourru, leur gueule qui fume, rappellent les vieilles histoires de voyageurs fuyant à travers les steppes devant des meutes faméliques.

En arrivant aux maisons de Bineau, vous croyez peut-être que l'illusion va cesser. Tout à l'heure, oui, quand vous serez dans les avenues de l'ancien parc Borghèse, avec leurs jardins anglais, leurs grilles dorées. Mais non, tout d'abord.

La première habitation qu'on rencontre, en effet, c'est comme qui dirait une hutte de Lapon. Vous savez bien, ces chambrettes en bois, qui font saillie au milieu des chalands, et qui servent de demeure aux mariniers. Là, au bord de la route, en voici une petite, toute petite, toute basse, avec ses deux lucarnes en forme de hublots, et son court tuyau de tôle qui ressemble à une manche-à-air.

C'est la maison du passeur de la Jatte, un

vieux pêcheur fameux par ses goujons. Il vit
là, lui, sa femme, et cinq enfants.

L'été, cela va bien. Il y a du monde à passer,

et il y a des goujons à prendre. Mais à présent,
et pendant tous les hivers, de quoi vit-on, dans
cette maison, autrefois flottante, aujourd'hui
fixée au sol, dans cette cabine devenue cabane?

Hélas! on vit de peu. Et, pourtant, hier, on y
a tiré les Rois, mais d'une façon que j'ignorais,
et qui vaut d'être racontée sans commentaires.

J'ai rencontré un des gamins, qui portait à
deux bras un paquet entortillé dans un torchon.
Je lui demandai ce qu'il avait là, qui était aussi
gros que lui :

— C'est notre gâteau des Rois, donc.

— Ah ! ah ! et tu le portes dans un torchon pour qu'il ne soit pas mouillé, hein ?

— Bien sûr, donc.

— Est-ce qu'il est beau, votre gâteau des Rois ?

— Mince, qu'il est beau, et avec un haricot dedans, encore. Que c'est moi qui l'ai fourré, l'haricot. Tenez, il est là, dans ce bout-là.

Et l'enfant ouvrit son torchon pour me faire voir.

Pauvres gens ! Leur gâteau des Rois était un pain de quatre livres.

La Dernière Baraque

En voyant surgir des trottoirs les premières baraques du jour de l'an, je me suis rappelé la dernière baraque de l'an passé, la pauvre et lamentable baraque dont personne n'a conté l'histoire, et que tout le monde cependant aurait dû remarquer, car elle était encore debout longtemps après les autres.

Oh! l'infortunée baraque, qui avait lutté contre le mauvais sort, qui avait lutté quand même, dépassant l'époque permise, risquant la contravention, voulant vivre malgré tout, et qui n'a réussi qu'à prolonger sa piteuse agonie.

Où est-elle, cette année? S'est-elle rouverte seulement? Hélas! je n'ose l'espérer pour elle. Qui sait si les planches, dont elle se composait,

7

n'ont pas servi de bière au malheureux qui les
avait dressées ?

Car ce n'est point des baraques du boulevard
que je veux parler ; non, ce n'est pas de ces
baraques opulentes qui connaissent le luxe de
l'étalage dans du papier à dentelles, et de l'éclairage aux trois lampes de pétrole.

Celles-là, c'est l'aristocratie des baraques. On
y vend des objets qui se payent en monnaie
blanche, parfois même en jaunets. On y a une
vraie caisse. On y tient le *doit et avoir*. La plupart d'entre elles sont simplement des succur-
sales de maisons sérieuses, cotées sur le marché
commercial de Paris.

Certes, ce ne sont point là les misérables
baraques dont la vue éveille la légende de
l'ouvrier jetant son pauvre pécule sur le tapis
vert de la spéculation jourdelanesque. Ces ba-
raques-là ne sont, en somme, que des boutiques
avec un faux-nez de baraque.

Il n'est pas jusqu'aux camelots qui, sur le
boulevard, n'aient des airs de négociants.

Si petit que soit leur éventaire, fait d'une
planche sur deux tréteaux, si maigre que pa-

raisse leur couple de bougies à l'essence miné-
rale, on sent qu'ils ont l'habitude de ce trafic,
et ils ne vous donnent point l'idée du pauvre
risquant une suprême bataille contre sa misère.

Là, d'ailleurs, entre la Madeleine et le Gym-
nase, le champ de bataille est bon, et la victoire
quasi certaine. Il faudrait être bien guignard
pour y faire chou-blanc.

Le grouillement du monde, l'incessante nouveauté des passants, la flamboyante illumina-
tion des magasins qui incendie le trottoir, tout
sert à la vente ; et il est impossible, en ce lieu
favorable, de demeurer bredouille.

Ce n'est donc pas là que j'ai vu, l'an passé,
la dernière baraque, la piteuse et lamentable
dernière baraque.

La navrante baraque, c'est celle qui a dû se
caser en un coin sombre de boulevard désert,
loin du centre fourmillant de Paris, dans un
endroit dédaigné où le loyer de la place est
moins cher.

Moins cher ! Voilà précisément ce qui a
décidé le malheureux, commerçant de raccroc,

fabricant par hasard, qui essaye de conjurer la mauvaise fortune en tâtant d'un métier qu'il ne connaît pas.

S'il avait été au courant, *à la coule*, il aurait su que le premier truc du camelot, c'est de s'établir au cœur même de la foule, en pleine concurrence, mais en pleine activité.

Ignorant et naïf, il a préféré ce quartier perdu, où il avait moins à débourser pour ouvrir boutique, où il redoutait moins l'assourdissant et victorieux boniment des voisins.

Et son marmiteux étalage s'est planté là, de guinguois, au bord d'un grand trottoir que personne n'arpente, en face de maisons en construction, dont les magasins, quand vient le soir, ont l'air de profonds trous d'ombre.

Seule, pour unique compagnie, la lueur lointaine de deux réverbères traîne et s'alanguit sur le bitume. Autour de la baraque solitaire, la nuit s'épaissit lugubrement.

Et c'est en vain que la lampe de schiste darde et tremblote dans ces ténèbres opaques. Et c'est en vain que la voix du marchand s'enroue à déchirer ce noir silence.

Les jours ont passé, chacun emportant à son tour un lambeau d'espoir.

De loin en loin, un passant égaré s'arrêtait devant ce lumignon-falot, semblable à une lanterne sur des démolitions. Il s'arrêtait, d'ailleurs, par étonnement surtout. Il s'arrêtait et n'achetait rien. Il s'arrêtait pour se demander comment on avait eu l'idée d'ouvrir une baraque en cet endroit funèbre.

A peine arrêté, il se sauvait vite, devant le glapissement rauque et monotone du marchand, devant la mine farouche de ce marchand famélique, qui faisait songer à une araignée embusquée au soupirail d'une cave.

L'homme est devenu plus rauque, plus farouche, plus famélique, à mesure que les jours ont passé, à mesure que l'espérance a été peu à peu dévorée tout entière par leur fuite rapide et vaine.

Il pensait à sa femme, à ses petits, qui attendent l'issue de ce duel contre la pauvreté.

Ah ! quelle idée il a eue, de risquer tout leur cher et précieux saint-frusquin dans ce hasard, de jouer ainsi leur suprême ressource à un jeu qu'il ne savait pas !

Car c'en est un, celui-ci, un de ces ouvriers déveinards, un de ces inventeurs en chambre, qui ont compté sur le coup de fortune du nouvel an, et qui ont mis tout ce qui leur restait à cette loterie.

Pour comble de malheur, la neige est arrivée.

C'est fini. Plus d'espoir du tout, maintenant. Les flocons tombent en charpie. Cela étouffe la voix du vendeur. Cela fait hâter le pas aux promeneurs, de plus en plus rares. Cela s'engouffre en tourbillons jusqu'au fond de la baraque.

Et les pauvres jouets avaient l'air d'être en sucre. Et la flamme de la lampe semblait un papillon jaune sur laquelle s'acharnait toute une bande de papillons blancs.

Papillon du midi, souci ! Papillon du matin, chagrin !

Et un matin, j'ai vu l'homme qui démontait sa baraque et qui emballait son étalage, sans même avoir le courage de tenter la fortune encore un jour.

Il avait les mains gourdes, les doigts tremblants, des larmes plein les yeux. Par moments, il regardait le ciel, d'un regard vague, hébété,

ébloui. Il contemplait toute cette laine glacée,
qui tombait, cardée par l'hiver. Il la contemplait comme s'il avait envie de se coucher sur ce
matelas sinistre et de s'y endormir à jamais.

Et il est parti, l'homme à la dernière baraque.
Pauvre homme ! Qu'est-il devenu ? Que sont
devenus ses enfants, à qui il rapportait toute
une voiture de joujoux et pas de pain ?

Ça y est, cette fois ! Nous le tenons enfin, le
vrai dégel, le suave dégel, le délicieux dégel.

Oh ! vous aurez beau dire, vous ne me ferez
pas démordre de mes épithètes, vous ne m'arra-
cherez pas un mot blasphématoire contre ce
saint que j'ai tant invoqué depuis quinze jours
et que vous avez invoqué vous-mêmes, ô ingrats,
qui l'insultez aujourd'hui !

Oui, je sais bien, vous allez me montrer le
pavé gluant, le macadam en flaques, les trottoirs en vomissures noires, les murs qui suintent,
les rampes qui suent, les corniches qui pleurent,
vos pieds garnis de chaussons de fange, vos
pantalons transformés en houseaux visqueux, vos
pardessus devenus des éponges de cuisine, vos
chapeaux arborant le mou, emblème du socia-
lisme même sur les crânes les plus réaction-
naires, et vous allez pousser des cris de rage
pour une gouttière qui vient de vous coller
brusquement sur la poitrine un crachat d'eau
sale.

Je sais tout cela ; je suis moi-même, à l'heure
où j'écris ceci, trempé comme une soupe, crotté
comme un barbet, hideux d'humidité flasque,
dégouttant et dégoûtant ; mais je crie tout de
même :

— Vive le dégel !

Et rien ne m'empêchera de dire ce soir, avec
ferveur, les litanies de saint Dégel, que tous
les gens de cœur diront avec moi.

O chasseur du froid qui tue, ô consolateur
des gueux sans cheminée, ô donneur de travail

8

à ceux qui n'en avaient plus, ô saint Dégel, priez pour nous !

O semeur de colère chez les charbonniers, ô rameneur des légumes à un prix abordable, ô souffleur de brise tiède sur le visage des femmes et dans les poumons des petits enfants, ô saint Dégel, priez pour nous.

Et, pendant que je défilerai ainsi mon chapelet, j'entendrai l'eau faire ploc ploc de tous côtés et me chanter dans son langage, que je comprends :

— La pluie du dégel, c'est le bon fumier pour la terre. Autant de gouttes qui tombent, autant de grains de blé qui pousseront.

Déménacements

Première Variation

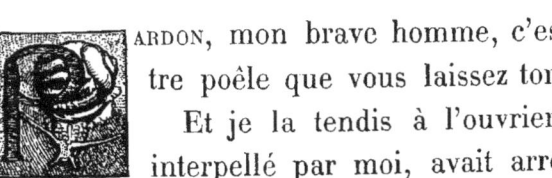ARDON, mon brave homme, c'est votre poêle que vous laissez tomber.

Et je la tendis à l'ouvrier qui, interpellé par moi, avait arrêté la petite voiture à bras dans laquelle il traînait son maigre déménagement : un lit de fer, un sommier, un bahut, une table, quatre chaises ébouriffant leurs houppes de paille, un fourneau de

tôle et quelques ustensiles de cuisine, dont la
fameuse poêle indispensable à tout ménage parisien. Il tirait la pauvre roulotte, dans une rue
montante, dont le pavé secouait son mobilier
misérable. A chaque heurt, la bretelle de cuir
claquait sur son épaule. Pourtant la femme
poussait à la roue, mais de la main droite seulement, car elle traînait au bout de la gauche un
gosse aux cheveux en chaume, avec deux chandelles sous le nez et un drapeau blanc étoilé
d'or à la fente de sa culotte de goussepain.

C'est le terme, le petit terme du 8, le terme
de ceux qui emportent tout leur saint-frusquin
dans un charreton de louage à quatre sous
l'heure. Il faut aller voir ça dans les quartiers
populeux. C'est un spectacle qui vaut le voyage.
Comme les pauvres gens sont bons les uns pour
les autres ! Dame ! on ne s'en tirerait pas sans
cette fraternité ! Heureusement que les voisins
donnent un coup de main aux partants. Hélas !
là-bas, à l'arrivée, connaîtra-t-on quelqu'un ?
Ah ! comme on serait bien resté dans la turne
où l'on a passé l'autre hiver, si rude, et où le
soleil a mis cet été de la lumière et de la joie !

Mais voilà, c'est le terme, et on se félicite encore
en pensant que le propriétaire aurait pu vous
faire saisir au lieu de vous mettre simplement
à la porte. Et on traîne, en chantant, la petite
voiture où dansent quatre pelées de chaises et
un tondu de matelas.

Et les meubles sont comme les gens. Il y
en a d'heureux, de veinards, de riches, qu'on
ne déménage pas ainsi dans une guimbarde
démanchée, sous la menace des averses. Tandis
que ceux-ci s'en vont cahin-caha, se cognant
dans une gigue désordonnée, perdant des pin-
ceaux de paille et des flocons de laine, à l'autre
bout de la rue se prélasse un énorme wagon,
solidement assis sur des ressorts confortables,
mené par deux percherons aux croupes luisantes,
et qui porte au front cette devise orgueilleuse :
Je suis capitonné. Là dedans sont couchés, entre
des tampons qui les calent, dans du foin qui
les embaume, de beaux meubles dorés, en soie,
en velours, qui vont aller faire leur poire dans
quelque somptueux hôtel où ils seront épousse-
tés par des larbins en culotte de peluche.

Deuxième Variation

Voici le petit terme d'octobre, le terme du 8, le grand petit terme, celui qui met le plus de gueux sur le pavé, celui qui est le plus dur pour la majorité des pauvres gens.

Les autres ne comptent pas à côté de celui-là. Ou bien ils se font dans des conditions meilleures, ou bien ils frappent sur moins de monde.

Le terme qui remue vraiment toute la race des humbles, qui afflige la plupart des misérables, qui démolit les trois quarts des nids parisiens, qui soulève le plus d'appréhensions, qui laisse le plus de tristes souvenirs, qui est redouté, qui est maudit, c'est le petit terme d'octobre, le grand petit terme.

En avril, le déménagement est un plaisir.

On quitte le vieux galetas où l'on a grelotté
tout l'hiver, où l'on a passé des soirées sans
pain devant le poêle sans feu, où l'on entendait
la bise sangloter dans les tuyaux de tôle, où le
ciel gris ne versait qu'une lumière sale par la
fenêtre à tabatière. Et c'est avec joie qu'on descend pour la dernière fois l'escalier humide,
avec sa rampe visqueuse.

La cour d'où l'on sort est noire. La rue où
l'on entre est égayée par les premiers rayons du
printemps. Le logement nouveau où l'on arrive
est frais de toute la fraîcheur d'avril.

Oh ! comme on sera bien à ce *sixième* inconnu !
Regardez donc quelle belle vue par là ! Il y a
du bleu par-dessus le toit voisin. On pourra
mettre un pot de fleurs dans la gouttière. Est-ce
assez joli, hein ? Voilà du soleil par terre. Et
le concierge, ici, a l'air aimable *comme tout.*
Une vraie trouvaille, quoi !

En avril, le déménagement est un plaisir.

En juillet, le déménagement est une fête.

C'est ça qui est amusant, la roulotte à bras
sautant sur les pavés qui flambent, à travers les
rues rieuses, dans des quartiers qu'on n'avait

jamais vus, sous la splendeur du midi qui paillette les ruisseaux de saphir et d'or !

L'homme tire sur la bricole. Il est en bras
de chemise, dépoitraillé, tête nue, et respire à
chaque ahan une bouffée d'air à pleins poumons.

La femme pousse à la roue dans les montées,
et signale le long du chemin les boutiques qui
lui paraissent *joliment comme il faut.*

Les gosses sont juchés près des brancards,
dans un creux du matelas en tapon, tout ravis de
se promener en voiture, écarquillant de grands
yeux, et de temps en temps se réveillent de leur
extase pour crier au père : Hue ! dada !

Il fait chaud, et l'on se rafraîchit un peu *la
dalle* par-ci par-là. Les canons avalés mettent
du rouge aux pommettes et de la gaîté au cœur.
Aussi arrive-t-on en chantant.

Et il y a bien de quoi, n'est-ce pas ? Est-ce
clair, est-ce luisant, ce carré où entre tout l'azur
du ciel, où les serins des voisines piquent des
tyroliennes ?

Et ce logement, c'est un rêve. On s'occupe
bien de regarder si la fenêtre ne joue pas, si la
porte est déclanchée, si le toit bâille ! Bon ! les

portes et fenêtres, c'est fait pour être ouverts, pas vrai ? Les vents coulis en juillet, mais on payerait pour en avoir ! Et ces fentes au plafond, signe que le plafond lui-même rigole, tant c'est gai dans cette turne-là ! On prend tout *à la bonne*, et les incommodités deviennent *de la choquotte*.

En juillet, le déménagement est une fête.

Mais en octobre, n, i, ni, c'est fini de rire : le déménagement est funèbre et s'appelle le *décanillage à la manque*.

On a lâché le logement d'été parce qu'on y sentait les premiers froids glisser sous les planches mal closes, parce que la lumière n'entrait plus par la croisée donnant sur la cour, parce que la cheminée croulait, parce qu'on avait peur de l'hiver pour les gosses qui commencent à avoir les lèvres bleues et des chandelles sous leur nez rouge.

Et le logement nouveau où l'on arrive ne paraît guère plus chaud, guère moins sombre. Dame ! au prix qu'on peut y mettre, il ne faut pas s'attendre à un palais. N'importe ! Ce n'est pas si bien qu'on avait espéré. La *vanterne* regarde sur des toits sinistres. La *lourde* danse dans

9

ses gonds. Le carré est un nid à courants d'air.
Brrr ! il ne fera pas bon là dedans en décembre.

Et les misérables songent aux cinq tristes
mois qu'il va falloir passer là, à la misère possible, au froid assuré, au moucheron qui tousse.

Troisième Variation

Depuis huit jours, Paris appartient aux déménageurs, à cette race bizarre qui sort on ne sait
d'où, tous les trois mois, pour faire jouer les
meubles aux quatre coins.

Les gens riches ignorent les petites joies et
les gros ennuis du déménagement. Un bon
tapissier se charge d'exécuter pour eux le chan-
gement à vue, et leurs meubles même ne s'a-
perçoivent presque de rien, grâce au wagon

capitonné qui leur sert de *sleeping-car* entre
un appartement et l'autre.

Il n'en va pas ainsi pour les pauvres, voire pour
les simples bourgeois de la moyenne classe. Dans
ce monde-là, le plus nombreux, c'est une grosse
affaire que de déménager. Le jour fatal fait trou
dans la vie. Tout est dérangé, les habitudes encore
plus que les meubles. Quel *aria !* que de bile ! que
de soucis ! Il y a des bedaines de Prudhomme
qui en perdent deux bons doigts de panne.

Songez donc ! Le matin il faut se lever à des
heures indues, s'habiller va-comme-je-te-pousse,
parmi les malles où l'on a déjà serré le pantalon
qu'on cherche, dans un cabinet de toilette plein
de paille, où le peigne joue à cache-cache avec
l'assiette au beurre, tandis que la brosse à dents
s'obstine à tintinnabuler contre les parois d'un
vase mystérieux qui aujourd'hui se pavane or-
gueilleusement hors de son ombre coutumière.

Et le café au lait qu'on n'a pas le temps de
faire ! Et les journaux qu'on ne lira pas ! Et bébé
qui crie, affolé de tout ce tohu-bohu ! Et madame
qui lâche la queue de sa natte embrouillée pour
se pencher sur la rampe de l'étage :

— Prenez bien garde aux angles du buffet. Il est en vieux chêne. Ça se casse comme du verre.

Il est en vieux chêne du faubourg Antoine, à six cents francs toute la salle à manger. Mais cela ne fait rien ; on y tient et on le trouve précieux. Ne vous moquez pas ! il représente des mois d'économie. Ce fut une vraie fête le jour où on put enfin l'acheter. Aussi, quelles angoisses, pendant qu'il descend les soixante marches de l'escalier noir ! Mais, en revanche, quel plaisir, quand on le retrouvera là-bas, intact, avec tous ses angles !

S'il n'y avait que le buffet encore ! Mais c'est que tous leurs meubles, ces braves gens les ont à cœur ainsi. Il y a le beau guéridon en acajou, cadeau de la vieille tante, et le voltaire de velours rouge, héritage de la grand'mère, et le piano, payé à vingt francs par mois, avec tant de peine ! Et sur ce piano, épousseté chaque matin si soigneusement, mademoiselle travaille les gammes qui entortilleront le cœur du futur. Sur ce guéridon, on prend quelquefois le thé en compagnie des amis. Dans ce vieux fauteuil, monsieur a gambadé quand il était enfant, et bébé, le petit dernier, commence à gambader à son tour. On aime toutes ces chosès, tous ces souvenirs. Parmi ces objets, ces bibelots, ces riens sans valeur, banalités pour tout le monde, il y a, pour ceux qui les ont, des lambeaux de leur vie accrochés là, et comme qui dirait des morceaux de leur cœur qu'ils y retrouvent.

Lambeaux de vie, morceaux de cœur, les déménageurs emportent tout, et c'est la rue qui va tout à l'heure servir de cadre à ces intimités brutalement étalées aux yeux du premier venu.

Du corridor bondé, les meubles débordent sur le trottoir, pêle-mêle, les flancs hérissés de paille, les bras liés de cordes, les pieds dans la boue, comme des prisonniers vaincus. Les lits démantibulés livrent leurs secrets, leurs sommiers où le poids des corps a mis des affaissements, leurs matelas encore chauds du dernier sommeil. Les armoires et les commodes, sans tiroirs, ont l'air d'animaux étripés. Dans les paniers, bourrés de foin, la vaisselle sonne un carillon de casse. Les chaises et les fauteuils s'offrent au derrière des passants facétieux qui les essayent. Le fameux buffet voit s'arrêter devant lui des chiens sans gêne, et son pied est bientôt ruisselant de larmes qui font une rigole jusqu'au tas des oreillers et des traversins ficelés comme un paquet d'andouilles. D'une malle entre-bâillée jaillissent des bouts de linge, la dentelle d'un pantalon de femme, une chaussette reprisée, et un long tuyau vert terminé par un long bec d'ivoire, qui se balance ironiquement.

— Prenez garde, crie un gamin, voilà votre pipe turque qui se sauve !

Madame rougit, et tout le monde de rire.

Et là-bas, en arrivant, quel hourvari pour s'installer ! L'escalier est trop petit. Il faut démonter le buffet. La commode ne s'emboîte pas dans cette encoignure. Le voltaire ne sera plus à droite de la cheminée, comme on en avait l'habitude. En revanche, le piano fait bien mieux ici. Si l'on a des déceptions, on a aussi des surprises.

D'ailleurs on n'a pas beaucoup le temps de souffrir des unes ou de jouir des autres. Le lit n'est pas encore debout. La nuit arrive. Vite, vite, sur le pouce, on dîne comme on a déjeuné, d'un poulet froid, arrosé de vin au litre. Bébé tombe de sommeil. Virginie égrène quelques arpèges pour voir si le piano n'est pas trop désaccordé. Les hommes attendent leur pourboire.

— Comment, rien que ça, mon bourgeois ?
Vrai, c'est pas beaucoup ! Et nous n'avons rien
cassé.

On leur donne cent sous de plus, en mau-
gréant.

— Voilà ce que c'est que d'avoir tant de
fourbi ! dit un ouvrier qui descend l'escalier, et
qui assiste au débat par la porte grande ouverte.

Lui aussi, il a déménagé la semaine dernière,
mais lui-même, emportant toute sa smalah dans
une charrette à bras que sa femme poussait par
derrière.

Et lui aussi, malgré la pauvreté de son *avoir*,
il y tenait, et il les aimait, ses malheureux
meubles en noyer, sa couchette de fer, son poêle
de fonte et les six cadres en carton peint où
sourient ses parents et ses amis *tirés* en daguer-
réotype à la foire au pain d'épice.

Ouvrier et bourgeois, tous deux sont de cette
race française qui est née propriétaire, et qui
s'attache à ce qu'elle possède avec une ténacité
d'avare. Ils n'ont pas, là-dessus, à se moquer
l'un de l'autre. Ils sont du même sang et ils le

prouvent de reste par leur haine commune
contre le concierge, c'est-à-dire contre le propriétaire représenté par lui, contre ce propriétaire
encore plus propriétaire qu'eux, et à qui ils n'en
veulent que pour cela.

Ah! les concierges! Hargneux dans la maison que l'on quitte, tout miel dans celle où l'on
arrive, grâce au denier à Dieu. Mais c'est une
nouvelle étude à faire, que d'entreprendre cette
espèce, spéciale à Paris! Ce sera pour une autre
fois. Aujourd'hui, contentons-nous d'une remar-
que : on ne les voit jamais déménager, eux!

Coppée demande quelque part si les oiseaux
se cachent pour mourir. Est-ce que les concierges se cacheraient pour déménager?

Rue des Partants

Qui la connaît, cette rue au nom tant joli, cette rue dans laquelle sans doute aucun fiacre n'a jamais passé, cette rue naguère encore pleine de verdure et de fleurs, calme comme une venelle campagnarde, et cependant si parisienne ?

Qui connaît ce coin de nature, presque sauvage, hanté seulement par les gueux de Ménil-

muche, les chiens errants, les poivrots en
quête de grand air, et aussi par quelques poètes
rôdeurs, amants surannés des paysages faubouriens ?

Qui la connaît, et, surtout, qui la connaîtra
demain, quand elle aura été bousculée, la pau-
vrette, par quelque rue nouvelle, apportant là
ses pavés, ses trottoirs fleuris de becs de gaz,
ses hautes bâtisses à mine de caserne, et toutes
ces splendeurs de voirie que Poe appelait des
abominations rectangulaires ?

Elle serpentait là-haut (j'en parle déjà comme
au passé), là-haut, dans la grimpée de Ménilmontant, et s'accrochait à sa sœur, la rue de
Chine, ainsi nommée non pas en souvenir du
Céleste Empire, mais à cause des *chineurs* qui
l'habitent.

La chaussée était sans pavés, quasi sans cail-
loux, toute en poussière l'été, toute en boue
l'hiver, divisée en deux par un ruisselet qui
coulait au mitan, et vaguement éclairée, la nuit,
par de rares réverbères où potençaient des quin-
quets à huile, tristes pendus qui tiraient une
toute petite langue de lumière jaune.

Les maisons étaient des masures, construites
à la diable, de bric et de broc, quelques-unes
même en pisé et en torchis, les plus cossues en
matériaux de démolition, d'autres en simples
planches, telles que des huttes de bûcherons ou
de bergers.

Mais toutes, au printemps, se bariolaient de
feuilles, de plantes à vrilles vertes, de fleurs
épanouies, liserons aux clochettes multicolores,
clématites aux longs bras chargés d'étoiles
blanches, glycines aux grappes d'améthyste
pâle qui fleurent la vanille, chèvrefeuilles em-
baumés de pendeloques en corail rose, capu-
cines pareilles à des gueules d'or rouge, pois de
senteur frissonnant comme des papillons accou-
plés.

Et c'était, dans ce fouillis frais et odorant,
une incessante musique d'insectes et d'oiseaux.
Les mouches bleues et vertes, gouttes volantes
de saphir et d'émeraude, y faisaient vibrer la
chanterelle aiguë de leurs ailes, tandis que les
guêpes sonnaient leur mirliton enragé, et que
les bourdons de velours chantaient la basse avec
leur rouet monotone. Les pierrots pépiaient,

piquant leur cri gouailleur. Des pinsons grin-
guenottaient leur refrain de roupioupiou-tipiou-
tipiou. Des merles lançaient leur rire perlé. J'y
ai même entendu des fauvettes égrener les vocalises de leurs fredons en roulades.

Ah ! que c'était loin de Paris, et pourtant
bien dans Paris ! Car ce n'était pas un coin de
province, ainsi qu'aux Ternes, par exemple.
C'était de la campagne, de la vraie, avec des
herbes folles, des jardins incultes, des haies
trouées comme par un passage de bêtes. Et les
gens qu'on rencontrait étaient bien d'ici et d'aujourd'hui : non des bourgeois à la mode d'antan,
mais des voyous sentant la barrière, puant la
grande ville, fleurs d'égout parmi ces fleurs de
nature.

A présent, l'horizon de ces rues est bouché
par la morne et rectiligne masse de l'hôpital
Tenon, qui est venu mêler à ces parfums sau-
vages l'odeur fade des tisanes et des cataplasmes.

Aux fenêtres ouvertes, on voit s'allonger sous
des bonnets de coton les faces blêmes des prisonniers de la maladie. D'un regard atone, ils
contemplent ce reste d'oasis, qui leur donne une

fugitive impression de campagne verte. Combien, parmi eux, paysans émigrés à Paris, songent alors au pays quitté, aux chemins creux du
village, aux buissons où ils couraient l'école
buissonnière en mangeant des mûres et en dé-
nichant des nids ? Et leur figure, au lieu de se
détendre à ce spectacle et à ce souvenir, se
grippe davantage, et de douloureux hochements
de tête secouent grotesquement la houppe mélancolique de leur casque-à-mèche.

Dans la ruelle, un ouvrier accroupi, le front
sous les feuilles, cuve ses chopines, et regarde
la lugubre bâtisse.

— Vrai, pense-t-il, elle est bougrement bien
nommée, cette rue-là ! Rue des Partants. Mince !

Et il se rappelle les camaros qu'il a vus entrer à l'hôpital, un jour, avec une patte cassée
ou une fluxion de poitrine, et qui en sont sortis
les pieds devant, en route pour le grand voyage
où il n'y a plus de mastroquets.

Mais voilà ! tout passe, tout s'en va, tout part,
aussi bien les rues que les gens, aussi bien les
rues pauvres que les riches.

Et demain peut-être, avant dix ans pour sûr,

les derniers lambeaux de campagne qui verdoient encore dans la grimpée de Ménilmontant, ces venelles perdues, ces coins de nature presque sauvage, disparaîtront à leur tour.

Qui la connaîtra alors, ma bonne petite rue des Partants? Qui saura même son nom, aboli aussi sans doute? Personne, plus personne!

Nous serons seulement cinq ou six à nous en souvenir; cinq ou six poètes rôdeurs, amants surannés des paysages faubouriens; cinq ou six baguenaudeurs, bayeurs aux grues, preneurs de mouches, carapatiers des quartiers inconnus, pour qui la rue des Partants sera devenue désormais la rue partie!

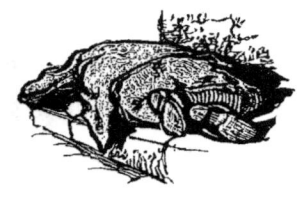

Vieilles Lanternes

E ne suis pas inquiet sur le sort des milliers de drapeaux qui flottent encore aux fenêtres. Si le Parisien est enthousiaste, sa femme est économe, et elle saura les ranger au fond des armoires, en attendant une occasion nouvelle de faire claquer au soleil ce que Casimir Delavigne appelle *l'arc-en-ciel de la liberté*.

De même pour les lanternes qui ne sont point trop gâchées. La ménagère les serrera dans un coin de placard, après en avoir préalablement

retiré les bouts de bougie qui peuvent être uti-
lisés grâce au *brûle-tout*.

Mais les vieilles lanternes, que deviennent-
elles ? Où vont celles que la flamme a rongées à
demi ? Celles qui ont des trous noirs pareils à
des cancers ? Et celles que le vent a retournées
comme un bas ? Et celles que la pluie a changées
en torchons spongieux ? Et les bariolées qu'on a
écrasées en marchant, et qui semblent une
boule de papier pleine de raclures de palette ?
Et les rondes jaunes, qui ont l'air d'oranges
sucées ? Et les longues, lamentables accordéons
qui font penser à des chapeaux d'ivrognes, chapeaux aplatis sous des derrières lourds, chapeaux
roulés dans la boue et les vomissures multicolores ? Où vont-elles, toutes ces lanternes, toutes
ces pauvres lanternes qui ont été roussies, bous-
culées, mutilées, éventrées, dans la grande
bataille des illuminations ?

Hélas ! elles vont au tas d'ordures, au pavé.
Mais pourquoi cet hélas ? Sur le pavé, je vous
le dis en vérité, rien ne se perd. Ce qui est jeté
par l'un est ramassé par l'autre, et dans les
détritus les plus vagues il y a encore du gain

pour quelqu'un, et non seulement du gain, mais parfois du bonheur.

— A la hotte !

Voici les biffins qui passent, le crochet au poing, et les pauvres lanternes sont recueillies dans le *cachemire d'osier*.

Les mortes, celles qui n'ont plus que des lambeaux de papier sur une carcasse démantibulée, sont jetées pêle-mêle au fond, comme des cadavres dans un tombereau. Mais les blessées, celles qui ont encore apparence de vie, c'est tout en haut de la hotte qu'on les accroche, avec précaution ; et on les pansera, on rafistolera leurs os disloqués, on recollera leur peau qui pend, on les rabibochera, et elles ne mourront pas encore cette fois-ci.

Ces lanternes invalides, c'est le joujou des gosses chez les chiffonniers. Car ça fait joujou aussi, les enfants des gueux, ça aime les couleurs gaies, et ça ouvre de grands yeux ravis en poussant des cris de joie, devant un rien-du-tout qui danse à la brise et papillote à la lumière.

Vous croyez peut-être que j'invente, que je

brode d'imagination et que je *fais de chic* cette seconde vie des vieilles lanternes ? Eh bien ! si vous ne voulez pas me croire, allez-y voir ! La route n'est pas belle. Elle est longue. On y crève de chaud. Mais allez-y tout de même ; car cela vaut la peine d'être regardé.

C'est là-bas, là-bas, aux deux flancs de la route de la Révolte, que campe maintenant l'armée nomade des biffins, qui jadis préférait la Bièvre. Il y en a encore sur la gauche de Mouffetard ; mais la vraie capitale du crochet est aujourd'hui plutôt de ce côté-ci. Et cela s'explique. Paris grossit surtout dans ce sens, et les tas d'ordures y sont plus *chouettes*. De là l'émigration des fouille-au-tas.

Une fois sur la route de la Révolte, vous n'avez qu'à ouvrir les yeux (et aussi à *ouvrir l'œil*, d'ailleurs, car le quartier est malsain aux *pantes*). Dans ce grand fleuve de poussière viennent déboucher les ruelles, les impasses, les cités des biffins. A gauche, ce sont les passages *Touzelin*, *Trébert*, l'aristocratie de la hotte, le faubourg Saint-Germain des loqueteux ; plus loin, à droite, en face du cimetière, la rue

Jeanne d'Asnières, l'impasse *Deligny*, la cité des *Soleils* ou *Petit Maze* (*Petit Mazas*). Plus loin encore, voici la fameuse cité de la *Femme en culottes* (la *Gonzesse en culbute*); puis, tout au bout, après un autre cimetière, non loin de la fabrique de sel ammoniac, entre la route et les fortifications, ce sont les *Épinettes*.

C'est là surtout que fleurissent les vieilles lanternes.

Ah! dame, ça ne sent pas bon, je vous préviens, dans toutes ces villas. Les peaux de lapins qui se racornissent au soleil, les ossements mal raclés, les trognons de légumes, les chiffons au triage, les sueurs des mâles, le faguenas des femelles, la déflaque des mômes, les pieds sales, tout cela mijote et se fond dans une buée de pestilence à la fois âcre et fadasse, et, comme on dit dans ce monde-là, ça *remue*, ça *danse*, ça *fouette*, ça *trouillotte*, ça *chelipotte*, en un mot ça pue ferme.

Mais comme elles sont jolies là dedans, comme elles semblent fraîches, comme elles s'épanouissent en bariolages variés, les pauvres vieilles lanternes crevées, dont Paris ne veut plus, dont personne n'a souci, à qui nul ne pense, et autour de qui les petits va-nu-pieds de là-bas dansent des rondes avec un gazouillis d'oiseaux !

J'en ai vu un, quelque richard sans doute, qui, à lui tout seul, avait deux lanternes, une longue, coloriée en jaune, et une ronde toute rouge. Assis sur un tas de chiffons, au seuil d'une bicoque, il les faisait sauter au bout de deux ficelles, comme des marionnettes, et il jouait la comédie, en argot. Rien de plus drôle.

— Toi, disait-il à la longue, t'es le *dab* (le père). T'es rien *poivre* (saoul), tu ne tiens plus sur tes *fumerons* (jambes). C'est ça qui t'a collé la jaunisse. Tu vas *t'affaler* (tomber).

Et il la laissait s'affaisser avec des zigzags.

— Toi, disait-il à la ronde, t'es la *pouffiace* (la femme). T'es rien poivre aussi. T'es toute rouge. T'as bouffé des haricots, hein ? que t'as la *berdouille gonfle* (le ventre gonflé) comme une biche. Ton père Lantimèche va te *passer au pelote* (battre).

Et il cognait la lanterne longue contre la ronde.

— Tiens ! chameau !

— Attends, sur ton *gniasse* (figure) !

Et il se tordait de rire.

Derrière une peau de chat fraîchement écorchée, une gosseline cachée le regardait, l'écoutait, bouche béante. Elle était en chemise et coiffée d'un bout de lanterne tricolore qui lui faisait comme un chapeau de fleurs.

Voilà ce que deviennent les vieilles lanternes. Cela m'a rappelé les vieilles lunes, dont ma grand'mère me disait, longtemps avant que j'eusse lu Henri Heine :

— Quand elles sont mortes, on les casse, et c'est avec leurs morceaux qu'on fait les étoiles.

La Traversée de Paris

u vois ce monsieur qui passe là-bas et que je ne connais point ? Eh bien ! je voudrais être lui, sentir ses sensations, penser ses idées, sortir de ma peau pour entrer dans la sienne.

Ainsi parle *Fantasio*. Ainsi doivent penser les artistes, s'ils ont l'amour et l'orgueil de faire vivant. Rendre les choses comme on les voit, c'est déjà curieux et beau ; mais combien

il est plus intéressant, parfois, de chercher à les
voir par les yeux d'un autre ! Les spectacles les
plus connus prennent alors des aspects nouveaux, des couleurs non soupçonnées, et même
ce qui nous semblait banal devient souvent
étrange.

Assez de théorie esthétique ! Voici la traversée de Paris, dans sa petite largeur, faite par un
ouvrier de province qui vient ici tenter la fortune. J'ai eu des renseignements, des confi-
dences ; j'ai pris des notes, et j'ai tâché de
vivre quelques moments de sa vie pendant
cette soirée.

Il est dix heures. L'homme arrive par la route
d'Étampes. Il a marché toute l'après-midi.

Il va la tête basse et traîne la jambe, et rame
dans l'air avec ses bras ballants. De temps à
autre, il passe sur sa figure sa grosse main aux
poils roux, comme pour essuyer sa fatigue.

Autour de lui la campagne de la banlieue
dort. Mais de là-bas, en avant, sous le ciel où
semble écumer un sang pâle, de là-bas vient et
monte une rumeur, une chaleur, comme la
bouffée de fumée et de bruit qui vous saute à

la face quand on lève le couvercle d'une mar-
mite.

A mesure qu'il approche de ce grondement,
l'homme a le cœur serré. Il s'arrète. Il écoute.
C'est avec lenteur, presque avec défiance, qu'il
s'engage entre les premières maisons dont le
vis-à-vis forme rue.

Ici pourtant, tout est calme encore. Cette rue
est à peu près déserte. Mal pavée, elle est cou-
pée en deux par un ruisseau sans eau. Les maisons ont des toits bas. A peine voit-on clair à
marcher. De loin en loin, un bras de potence
sort du mur, et, dans un réverbère carré, le gaz
vacille et tremblote, semblable à un papillon
jaune qui agonise en battant des ailes.

On se croirait dans un grand village. L'homme
est ragaillardi à cette idée. Il pense :

— Cela ressemble à chez nous.

Il se redresse et presse le pas.

Les maisons deviennent plus hautes. La rue
s'anime. Les becs de gaz se multiplient. Maintenant ils ne sont plus pendus aux murs ; ils
sortent du trottoir, et semblent des fleurs au
bout de leur tige.

Des passants bousculent l'homme. Les boutiques éclairées lui font cligner les yeux.

Il n'a plus le loisir de s'arrêter, d'écouter, de
regarder. Il plonge dans le bruit. Il se baigne
dans la lumière. Il s'engrène dans le mouvement. Il est un morceau de la foule qui roule.

Il demande où il est. On lui répond :

— Rue de la Gaîté.

Il croit qu'on se moque de lui, il ne comprend
pas, il suit le courant. Il s'enfonce dans cette
chose qu'il entendait bouillir de là-bas. Il bout,
lui aussi.

Brusquement ce torrent de vie et de lumière
où il est secoué se jette dans une mare d'ombre : c'est le boulevard Montrouge, puis le mur
du cimetière Montparnasse.

L'homme respire dans ce silence obscur.
Sans doute il trouvera quelqu'un à qui demander son chemin. Il avise un couple. Il s'approche du mâle, un ouvrier probablement, dont
la blouse pend par derrière et *dégueule* en haut
du dos.

— Pour aller à la Villette, s'il vous plaît ?

La fille se retourne et lui rit au nez, avec une

bouche en coup
de sabre.

Alors il remar-
que que cette fille
est pâle comme
un meunier, et·
qu'elle a une robe
comme une da-
me, et que l'hom-
me en blouse por-
te un pantalon de
drap fin. Il voit
aussi reluire dans
l'ombre, aux pieds
de cette espèce bi-
zarre d'ouvrier, des bottines à boutons de nacre
et à bouts vernis. Il demeure étonné, devant cette
figure rasée, au menton bleu, aux tempes ornées
de deux cornes en cheveux, gras de pommade, aux
lèvres minces où se colle un mégot de cigarette.

Il recule, et, tandis qu'il s'éloigne, il entend
la voix de bois du voyou qui lui crie :

— Dis donc, l'enflé, si t'as du poignon,
remuche-moi la môme. Elle est rien gironde !

Il se sauve à grands pas par le boulevard
Montparnasse et la rue d'Enfer. Il réfléchit, en
marchant, toujours sans comprendre.

Tiens ! on entend de la musique, par là, sur
la gauche. Il tourne. Il se hâte vers une illumi-
nation qui chante, là-bas.

Devant lui flamboie une façade de lumières.
C'est Bullier. Il se mêle un moment au tas de
misérables qui est arrêté sur le trottoir, en face
de la porte.

Quel tourbillon dans cette porte ! Quelle marée
joyeuse, frémissante, gloussante ! Comme tout
cela est à la fois englouti et revomi ! Les plas-
trons blancs des chemises, froissés par les
coudes, ont des craquements de cuirasses qu'on
bossèle. Les pantalons pattus s'empêtrent dans
les plis de soie des croupes froufroutantes et
houleuses. Les cravates dénouées et les corsages
débraillés mêlent leurs couleurs. Et tout cela
frétille, scintille et se tortille sous la lumière
crue, avec des éclairs rouges, bleus, verts,
jaunes, bariolés. On dirait une jetée de fleurs et
de poissons dans du soleil. On dirait un grouillis
d'asticots dans un arc-en-ciel.

Ces gens-là s'amusent. L'homme se remet en marche par le boulevard Saint-Michel. Sa tête

est retombée sur sa poitrine. Sa jambe traîne. Ses bras font plus lourdement le balancier.

Sur le trottoir qui longe le Luxembourg, un étudiant tranquille (quelque provincial rangé, sans doute) fume sa pipe, le gilet déboutonné, le chapeau à la main, et regarde d'un air bon ce passant las et effaré. Et l'homme se dit :

— C'est peut-être enfin un ouvrier, celui-là !

Il prend confiance, et s'approche.

— Pour aller à la Villette, s'il vous plaît?

— A la Villette, mon brave homme? Tenez, voici le tramway qui vient de Montrouge. Il vous mènera aux deux tiers du chemin.

L'homme regarde avec tristesse cette grosse voiture qui passe comme une locomotive, avec son œil rouge.

— Oui, dit-il d'une voix sourde, je vois bien. Mais pour aller à pied, monsieur?

— Oh! vous en avez pour plus d'une bonne heure encore.

— Et par où faut-il prendre?

— Toujours tout droit.

Il va, il descend, il pousse ses pieds l'un devant l'autre.

A sa droite, tout le long des maisons énormes, il y a des tables couvertes de verres de bière. Le trottoir en est envahi. Et l'on boit, on rit, on crie, on ne s'entend pas. Les garçons vont et viennent en courant, la main droite étendue sous un plateau chargé de flûtes jaunes, et leur tablier blanc fait trou dans la masse des buveurs.

A gauche s'étale la sombre façade du lycée Saint-Louis, que l'homme prend pour un hôpi-

tal. Il regarde ce côté morne, puis ce côté
bruyant, et il pense vaguement que les fous se
sont échappés de cette grande maison noire et
sont en train de riboter en face.

Un souffle d'humidité vient lui mouiller les
joues en passant devant les caves de verdure de
Cluny.

Puis il rentre dans le tumulte, dans la foule,
dans le four, dans le feu.

Ah ! voici de l'eau ! la Seine !

L'homme s'accoude au parapet du pont, et
il ôte sa casquette pour rafraîchir sa tête à la
brise qui traîne sur l'eau clapotante.

Il songe à la rivière du pays, là-bas, au fond
du petit jardin, sous les buissons d'osier et les
saules. Il revoit la Marie-Jeanne, à genoux dans
son carré de bois garni de paille, et battant le
linge. Le savon sort du paquet tordu, pétille
en mousse grise, et se dissout au fil de l'eau en
larges taches, grasses comme de l'huile, bleuâ-
tres comme de l'acier. De temps en temps, la
Marie-Jeanne se lève, essuie ses mains à la
peau morte contre son tablier de toile bise, et
va voir dans la petite cuisine.

Souvenir d'une minute! L'homme se réveille
en sentant sur sa main une larme chaude comme
une goutte de pluie d'orage.

Il remet sa casquette et regarde sous lui.

C'est sinistre! L'eau est épaisse, noire,
comme gluante. Les becs de gaz qui s'y re-
flètent mettent des taches de sang sur ce miroir d'encre. Brrr! cette eau-là fait froid et

donne envie de se
noyer.

Il s'arrache du
parapet et reprend
le milieu de la
chaussée.

Encore de gran-
des bâtisses, et
cette fois, avec des
sentinelles aux por-
tes. Puis, encore
l'eau noire piquée
de points san-
glants. Puis, le ta-
page recommen-
ce, et la folie, et

la lumière aveuglante, et un nouveau boulevard sans fin.

— Pour aller à la Villette, s'il vous plaît ?

— Toujours tout droit.

L'homme se sent les reins pesants, la gorge
sèche, et il va, les yeux à la fois endormis et
écarquillés.

Il marche sans plus penser à rien, la tête
pleine de bruits tumultueux, le regard ébloui de
visions lumineuses et monotones. Toujours la
même succession de choses, un banc, un réverbère, une colonne, passant avec la régularité
d'une machine et l'obstination d'un cauchemar.
Et en même temps défilent des arbres, des
arbres un à un, tous pareils, comme s'il n'y en
avait qu'un, revenant sans cesse.

Et partout, partout, à gauche et à droite, des
gens ont la bouche ouverte et engloutissent de
la bière.

Et peu à peu, ces réalités prennent une apparence de rêve. La perpétuité de ces images
devient une obsession. Tout se précipite, passe
et repasse, et tourbillonne. La procession s'ac-
célère en course, la course en sarabande. Le

banc, le réverbère, la colonne, l'arbre, c'est
une ronde endiablée qui tourne de plus en plus
vite, dans le gaz papillotant, dans l'air épais,
au milieu des cris, des rires, des gestes de cette
foule assoiffée, insatiable, qui boit, boit, boit,
sans s'arrêter, sans reprendre haleine, toujours,
toujours.

L'homme est stupide, ahuri. Il dort en marchant. Il monte. Il va. Il roule plutôt. C'est une
chose qui se meut, poussée en avant.

Cependant le bruit cesse peu à peu, et le
flamboiement s'éteint par degrés. Les grands
boulevards ont sonné dans l'oreille du misérable
une dernière et assourdissante fanfare de tohu-
bohu, et ont achevé de lui crever les yeux avec
leur feu d'artifice de gaz. Et maintenant, plus
haut que la gare de Strasbourg, il suit une
grande rue quasi déserte.

Le silence le réveille. Il regarde. Les trottoirs
unis, sans personne qui passe, ont l'air de
rivières figées.

— Hue ! oh !

Sur le pavé, de lourds tonneaux tressautent.
Une puanteur emplit la rue.

— Pour aller à la Villette, s'il vous plaît !

Ah ! ceux-là sont des ouvriers, des vrais. On cause. Eux aussi vont à la Villette. Mais c'est encore loin, dame ! Et l'homme est las, las à tomber. On arrête les chevaux, et on le hisse à califourchon sur la tonne.

— Accroche-toi par la ceinture après fifi.

Et l'homme s'accroche après fifi, c'est-à-dire après la bonde, et il s'endort en ronflant, le nez grand ouvert aux effluves de la gandouse.

Demain, au réveil, comme cet homme aura dans la tête un Paris étrange !

Et, tout compte fait, comme ce Paris étrange est bien l'expression vraie de la traversée de Paris !

Pendus Glacés

ANDIS que tout le monde admire les illuminations de fête qui transforment Paris en firmament multicolore, les lampions pareils à des morceaux d'arc-en-ciel, les lanternes vénitiennes de toute forme et de toute nuance, les becs de gaz aux cocardes jaunes, les faisceaux de rayons des pots-à-feu oxhydriques, les nappes

lilas et les aigrettes éblouissantes de l'électricité,
et les mille splendeurs d'incendie de l'éclairage
moderne ; tandis que la foule n'a d'yeux que
pour ces clartés orgueilleuses, il me plaît, à
moi, de célébrer les pauvres, tristes, honteux,
lamentables et oubliés lumignons d'autrefois,
les antiques et quasi antédiluviens réverbères
que l'argot appelle si pittoresquement de ce
nom sinistre et calembouresque : les pendus
glacés.

Les pendus glacés, ce sont ces gros réverbères à quatre faces de vitre verte carrées comme
des glaces, entre lesquelles palpite et semble
agoniser la flamme fumeuse d'un quinquet ; ce
sont ces réverbères abolis qui pendent au bout
d'une corde accrochée à un bras de potence.
Pendus glacés, en effet, et non par métaphore
seulement ; car ils sont bel et bien pendus, les
misérables, la hart au col, tirant la langue et
gigotant sous le gibet quand le vent vient souf-
fleter leur carcasse de verre ; et ils sont glacés
aussi, à tous les sens du mot fait exprès pour
exprimer toute leur détresse ; glacés à cause de
leur maladive lumière qui a l'air de se figer ;

glacés à cause des endroits solitaires où ils n'éclairent que le vide et le silence, comme s'ils étaient des lampes funèbres en train de s'éteindre dans des allées de cimetière.

Il faut aller vagabonder au fond de quartiers perdus, au bout de ruelles lointaines, vers la Glacière, de l'autre côté de Mouffetard, dans les recoins des vieux faubourgs de la rive gauche, ou par les descentes de Montmartre et de Belleville, en tournant le dos à Paris ; ou encore il faut s'attarder le long de la Seine, là-haut, après la Râpée ; il faut être un galvaudeur de ses pas, un errant sans savoir où, un aboyeur à la lune ; et alors on a la chance de rencontrer, par-ci par-là, au hasard du noctambulisme, les derniers survivants des pendus glacés, avec leur physionomie délabrée de choses d'un autre âge, avec leur pâle flamme de mèche à l'huile, qui évoque le souvenir d'époques disparues, et fait comprendre la réalité des vieilles eaux-fortes où Rembrandt animait et chauffait les ténèbres d'un rayon furtif.

Et l'on songe aussi, devant les pendus glacés, au temps où ces potences ont porté d'autres pendus, en chair et en os alors, tirant la langue pour de bon, et dansant des gigues éperdues. On songe au temps où les tricoteuses sautaient et gambillaient, en rondes échevelées, autour de ce gibet à lumière changé en gibet à ci-devant. C'est à ces poteaux que leurs bandes furieuses poussaient les accapareurs, en chantant le *Ça ira*. Et peut-être, vers Bercy, à deux pas des guinguettes de Ramponneau, y eut-il plus d'un aristocrate accroché à la lanterne de ce pendu glacé, qui subsiste encore, et qui, maintenant pacifique et rococo, est la risée des gamins, habiles à lui crever les yeux à coups de pierres. Et l'on admire l'argot, qui, dans un surnom grimaçant, a su contenir tous ces souvenirs sinistres et tout ce présent burlesque.

Mais c'est fête aujourd'hui, lumières ruisselantes, fusées et pétards en gerbes ; et parmi ces gloires d'illuminations féeriques, qui diable va penser aux pauvres, tristes, honteux, lamentables et oubliés lumignons d'autrefois ? Les solitudes où ils champignonnent seront encore plus solitaires ce soir, plus silencieuses à côté du brouhaha de la ville, plus noires sous le flam-

boiement du ciel incendié de poudre. S'il vient
par hasard quelqu'un s'asseoir au pied de leur
potence, ce sera une bande de filous, vauriens
ayant travaillé les *baguenaudes* dans la foule et
qui compteront leurs *chopins* à cette blafarde
lumière. Sans doute même qu'ils ne viendront
point, connaissant des bouges propices où l'on
fait son *fade* en séchant des litres. Et alors le
pendu glacé ne verra personne, sinon quelque
maigre chien errant, effaré par la cohue et les
feux d'artifice, et cherchant l'ombre pour gratter
en paix ses puces.

La Cité Jeanne-D'Arc

J'EN recommande la visite aux amateurs de pittoresque hideux. Ils verront que l'horreur moderne n'a rien à envier, hélas! aux romantiques descriptions de la vieille Cour des Miracles.

C'est loin, par exemple! Mais, en revanche, la promenade est belle. On remonte la Seine sur la rive gauche, en longeant la halle aux Vins, dont les senteurs alcooliques vous prennent à la gorge, puis le Jardin des Plantes, d'où

14

sortent les âcres effluves des fauves. A partir de
la gare d'Orléans, le quai devient comme désert.
L'industrie allonge là ses grands murs nus. Mais
en face, sur l'autre rive, on voit la Râpée, dont
les guinguettes flambent au soleil, et, bientôt
après, Bercy, la berge joyeuse encombrée de
futailles, avec son va-et-vient de haquets, de
débardeurs, avec ses maisonnettes qui font des
taches blanches dans la verdure. Au premier
plan de ce gai tableau, la Seine, large, cou-
rante, qui passe en chantonnant dans sa robe
verte pailletée de lumière. Un dernier coup
d'œil, et nous tournons à droite, par le boulevard de la Gare.

De la poussière, des arbres maigriots, des
cheminées d'usines, le ronronnement des locomotives, coupé de sifflets déchirants, des maisons neuves accotées à des murs lépreux, et,
dans l'air chaud, le lointain relent de la Bièvre,
qui arrive par bouffées de puanteur. Nous allons
vers le quartier noir des Gobelins.

Rue Jeanne-d'Arc ! Nous y voici. La cité
commence à cette rue et finit rue Nationale.
C'est un tas de grandes bâtisses séparées par

des impasses. Elles contiennent près de quinze
cents logements, et celui qui les a fait construire
est, paraît-il, un philanthrope.

Eh bien ! c'est du propre, la philanthropie !

Les allées et impasses, non pavées, s'effon-
drent en trous béants, où la pluie demeure en
flaques de boue. A cette boue s'ajoute le coulis
gras des eaux ménagères, qui croupit et fer-
mente en plaques d'huile putréfiée. Les trottoirs aussi, jadis bétonnés sans doute, sont sil-
lonnés et cavés de crevasses où stagnent ces
liquides immondices. Au bout de dix pas, on a
le haut-de-cœur, et on marche en se bouchant
le nez.

Entrez dans les maisons, c'est encore pire.
Sombres, gluants d'humidité et de crasse qui se
mêlent et font pâte, les corridors semblent des
entrées de souterrains, ou plutôt de fosses d'ai-
sances. L'ammoniaque, le gaz sulfhydrique, la
vidange, s'y épanouissent comme au-dessus
d'un dépotoir. Les caves, en effet, sont inon-
dées de débordements grâce au mauvais état
des tuyaux crevés et des réservoirs bondés. Le
courage manque pour grimper les escaliers, et

on se hâte de sortir du corridor, et l'on emporte
dans ses habits cette nauséabonde parfumerie,
qui s'agrippe à l'étoffe, l'imprègne, et vous
pique le nez et les yeux.

Vrai, en se retrouvant dans l'allée en plein
air, on croit que cet air sent bon, bien que la
Bièvre y traîne son haleine empestée, où vient
se fondre le fleur de la fabrique de noir animal
située rue Tolbiac. Au moins, y a-t-il là une
lointaine émanation de cuir tanné qui ravigote.

Dire que c'est cela que respirent encore de
meilleur les habitants de la cité! Et ils sont
une charibotée, les malheureux. Pêle-mêle,
d'ailleurs, dans ces prétendus logements phi-
lanthropiques. Des familles entières dans une
même chambre, avec une seule fenêtre, pre-
nant jour sur un plomb. Aussi faut-il voir les
mines blêmes des gosses. Ils grouillent là dedans comme des asticots, nus et blancs, d'un
blanc sale. Les adultes semblent des vieux. Le
rachitisme, la scrofule, poussent à gogo sur ces
chairs quasi putrides en naissant. On dirait que
tout ce monde a dans les veines, au lieu de
sang, du pus.

Quelle belle chose que la philanthropie !

Et, côte à côte avec ces corruptions physiques, la corruption morale, cela va sans dire.

Même parmi les locataires réguliers, les honnêtes gens de là-bas, songez à ce que peuvent engendrer la promiscuité fatale, le noir des habitacles, les peaux en contact perpétuel dans l'ombre !

Puis, sur ces quinze cents logements, beaucoup d'inoccupés. Autant de tanières à rôdeurs. La nuit venue, le gibier sans gîte arrive en rasant les murs, fait la nique aux rares concierges, rampe au long des escaliers ténébreux, enfonce les portes, se niche et pionce. Plusieurs fois déjà la police a fait des rafles dans les recoins de cette caserne, et chaque fois le coup de nasse a ramené à fleur de lumière non seulement des vagabonds, mais des grinches, des chevaux de retour, des brochetons de maison centrale et de bagne.

Et pourtant, là aussi perchent des ouvriers, des vrais, des gens qui travaillent, qui payent leur loyer comme vous et moi, qui sont du peuple, et du bon.

Je ne fais pas de commentaires. Ce n'est pas leur place ici. Mais allez voir ça, et réfléchissez vous-mêmes.

Ouf !. voici l'avenue des Gobelins. Là-bas, derrière nous, la campagne mélancolique de la banlieue, maigre et poudreuse, mais jolie tout de même, avec son horizon de bois dans les brumes violettes du lointain. Là-haut, en face, le Panthéon arrondit son dôme doré comme une grosse brioche.

Quelle ironie, cette verdure, pour la cité Jeanne-d'Arc qui n'a pas d'air ! Quel contraste, cette brioche, au-dessus de ce quartier qui n'a pas de pain !

Paris-Province

L'École des Clairons

N coin qui vous fait croire qu'on est à cent lieues du boulevard, au fond d'une sous-préfecture lointaine ! C'est entre la porte Bineau et la porte de Levallois, à deux pas du quartier neuf où s'épanouissent les hôtels à vitraux des cocottes enrichies et des peintres de genre, ces cocottes de l'art.

C'est dans les fortifications, passé les portes.

C'est à l'école des clairons, au pied d'un poste-caserne.

L'école des clairons ! Cela vous rappelle tout de suite les vieilles villes fortes, ceinturées de bastions et de murs à créneaux, avec leurs fossés pleins d'herbe, de folles avoines, de pâquerettes, de coquelicots, avec leurs pierres effritées toutes vertes de mousses et toutes veloutées de giroflées en or.

Et la vieille ville forte vous apparaît en effet, ici comme là-bas.

Du haut du talus, vous apercevez encore les maisons à cinq étages, les cheminées d'usines, les enclos pelés, les plates-bandes maraîchères, tout ce qui dénote la misère des banlieues, tout ce qui pue Paris. Mais descendez la pente verte, descendez jusqu'au fond du fossé, et vous voilà au diable ! On dirait qu'on vient d'arriver en chemin de fer, après une nuit de voyage, dans un pays près de la frontière. Les folles avoines commencent à balancer leurs têtes sonores. La muraille est bordée de plantes qui gercent la pierre, lichens pâles, pourpiers sombres, bouquets de giroflées à l'odeur de miel. On enfonce dans l'herbe jusqu'au genou.

Çà et là, une flâche d'eau miroite, reflétant le ciel bleu d'avril, et semble une glace de saphir encadrée de satin vert.

Des chèvres paissent au flanc de la montée. Un troupeau de moutons passe au bord du talus. Le barbet jappeur dévale et remonte au galop pour les empêcher de descendre. Une silhouette de berger se profile sur le ciel. Et là, dans ce creux de fraîcheur et de silence, éclate soudain la sonnerie des élèves-clairons, qui débouchent d'un tournant, au pas accéléré, le képi sur l'oreille, la face rouge, les joues en ballon comme des anges. Une bande de galopins les suit, allongeant leurs petits compas pour marcher au rythme. Un caporal les précède, donnant la note, fier de sa *mission*, orgueilleux du cortège, et parfois, pour épater les pékins, piquant sur l'air de la Casquette des fioritures de langue.

Puis, c'est la halte. En place, repos ! Rompez les rangs !

Les joues cramoisies se dégonflent. On retourne les clairons qui bavent un filet de salive. On s'assied un moment.

15

Une vieille marchande de café a dégringolé la pente raide, et apporte son cylindre de fer-blanc à robinet de cuivre. Pour trois sous, elle verse aux richards un petit noir fumant. Le caporal se paye un champoreau.

De ci, de là, débandés, les piocheurs conti-nuent à essayer des couacs nouveaux et des taratata de fantaisie. Comme ils font cela entre deux bouffées de cigarette, on voit la musique sortir du pavillon de l'instrument sous forme palpable, en tourbillons de fumée bleue. Quelle rigolade pour les gamins ! Et l'un de ces gala-piats, qui a peut-être servi chez des saltimban-ques, chipe un clairon, et souffle soudain de-dans un air de foire. Le caporal jure. Et tous les gosses s'ensauvent, éparpillés dans l'herbe comme une volée de moineaux.

Ils reviennent quand le peloton reprend sa marche. Ils se remettent au pas derrière les huit hommes repartis, képi sur l'oreille, face rouge, joues en ballon, derrière le caporal qui repique de plus belle, et se dandine en appuyant d'un mouvement d'épaule chaque temps fort de la mesure.

Et quand le prochain tournant du bastion les a cachés, quand on n'entend plus que l'écho affaibli des cuivres qui s'en vont, on se retrouve loin, bien loin de Paris, dans un fossé solitaire de la vieille ville forte, près de la frontière.

On ne voit que le ciel où passent des nuages et des papillons, la pente herbeuse où pendent des chèvres, la haute muraille du fossé où les giroflées balancent leurs cassolettes d'or.

Le tintamare des quartiers voisins, le roulement de ferraille des voitures, le sifflet des chemins de fer, tout cela vous arrive assoupi, assourdi, fondu, dans un vague et doux murmure, comme le bruissement confus d'une forêt, comme le chantonnement monotone de la mer.

Et l'on se dit, en continuant à marcher dans l'herbe épaisse et molle, en écoutant les notes traînantes des clairons lointains, en poursuivant de paresseuses songeries, on se dit avec un profond sentiment de bien-être :

— Comme il fait bon vivre ici, dans ce calme, dans cette solitude, et comme cette vieille province repose bien de nos turbulences et de nos fièvres !

Toujours rêvant, on remonte la pente, et soudain, en haut du talus, on s'arrête, bouche béante, lâchant la fleur qu'on mordillait.

Un coup de trompette stridente vous déchire le tympan.

Adieu l'école des clairons ! Adieu la tranquillité endormeuse de Paris-province !

V'là l' tramway qui passe ! Le tramway d'Asnières ! Hélas !

Dire qu'il y a trente ans à peine, on jouait encore aux boules dans les Champs-Élysées, ni plus ni moins que sur le mail de quelque lointaine et pacifique sous-préfecture ! N'est-ce pas de quoi décourager ceux qui ont la folle

prétention de fixer la fugace physionomie de
Paris ?

Pour moi, si habitué que je sois déjà aux
brusques changements de décor, aux transformations à vue de la grand' ville, j'avoue que les
bras me sont tombés à cette découverte rétros-
pective.

Mais il n'y avait pas à en douter. Le livre où
s'étalait cette chose bizarre et monstrueuse était
là, sous mes yeux. L'auteur y citait les noms
des joueurs célèbres. Un de mes amis, posses-
seur du bouquin, me faisait admirer un superbe
bois de Charlet, un vieux chauve campé sur ses
jambes en compas, les manches retroussées, les
bretelles au vent, suivant de l'œil, du bras, de
la main, de tout le corps, sa boule envolée.

Je ne rêvais pas. Le document était précis.
Ce bonhomme, avec des souliers à boucle, un
col de chemise à la Collin, ce bonhomme était
un Parisien de Paris, croqué sur le vif par l'artiste, monographié par l'auteur, et qui jouait
aux boules, dans les Champs-Élysées, il y a
trente ans.

Ce coin de tableau, qu'offrait le Paris d'hier,

ne représentait cependant plus rien, à mes yeux, du Parisien d'aujourd'hui. Ce type était aussi loin de moi qu'un Romain de la colonne trajane ou un ibis de l'obélisque.

Il me rappelait seulement des types analogues rencontrés à la campagne, et qui, à la campagne même, semblaient déjà d'un autre temps.

Il me rappelait des Marseillais, le dimanche, au cabanon, poussant avec des cris féroces leurs boules papelonnées de clous.

Il me rappelait des Flamands, jouant un jambon ou une oie en une interminable partie de *bouloire*.

Il me rappelait des paysans, au sortir de la messe, sur la place du village, devant le cabaret à branche de houx, quand la chope de bière ou la bolée de cidre échauffe les lanceurs de cochonnet.

Mais cela, ici, à Paris, aux Champs-Élysées, je ne pouvais me l'imaginer vraiment. Cela me semblait aussi singulier que si j'avais vu défiler des pioupious avec des arquebuses à rouet et des cuissards en fer battu.

Eh bien ! pas plus tard qu'hier, je devais voir quelque chose de plus surprenant encore. Tant il est vrai qu'à Paris l'on ne saurait s'étonner de rien !

Ce bonhomme de Charlet, ce bouleux en manches de chemise, ce n'est plus seulement sur la page d'un livre que je l'ai contemplé ; c'est au plein air, vivant, en chair et en os, attendant encore le croquis de l'artiste et la monographie de l'écrivain.

Et cela, sans aller le chercher là-bas, sur les routes poudreuses de la Provence, sous les houblonnières flamandes, à la porte des cabarets normands ou picards. C'est à Paris que je l'ai vu, à dix minutes du Parc Monceau, dans un endroit tout moderne, tout battant neuf de modernité, d'où l'on entend la trompe des tramways et le sifflet des trains.

Ils sont là une bande de braves gens qui *pointent*, qui *tirent*, qui étudient les moindres pentes du terrain, qui font les trois pas méticuleux pour couler doucement la boule, ou les trois enjambées d'élan pour la *faire plomber*, qui l'accompagnent du geste et du regard, et qui mettent toute leur âme à crier selon l'occurrence :

— Trop court!... Trop long!... Allez-y, le point est à nous!

Et, comme sur le bois de Charlet, ils ont les jarrets tendus, le torse onduleux, la bouche  froncée, les mains parlantes, l'une cris- pée et l'autre arron- die. Leurs bretelles folles, tantôt battent comme des serpents flasques le long de leurs cuisses, et tan- tôt ont l'air de s'envoler de leurs épaules comme des banderoles à la brise.

Presque tous vieux et la plupart chauves, toujours selon le modèle de Charlet. Les plus antiques suivent le jeu à petits pas, tapant le sol de leurs cannes, hochant la tête, apostro- phant les maladroits, souriant d'aise aux jolis coups. Et, pareils aux dilettantes parlant de Rubini, il faut voir de quel air ils soupirent parfois :

— Ah! monsieur, de mon temps!

Et c'est hier, en vérité je vous le dis, c'est

hier que j'ai contemplé ce spectacle, à deux pas de l'avenue des Ternes, tout près de l'Arc de Triomphe. Un peu plus, ma foi, et c'était dans les Champs-Élysées; il ne s'en faut que d'un quart d'heure de marche.

Paris ne change donc pas aussi brusquement qu'on veut bien le dire? Eh! non. Les transformations à vue n'y sont qu'apparentes. Au fond, rien ne meurt tout d'un coup, et les choses, les gens, les mœurs, ne disparaissent et ne prennent figure nouvelle qu'insensiblement.

Je me suis aperçu de cela dans l'enclos des Bouleux, tout en cueillant des violettes délicieuses qui commencent à pousser dans leur herbe. Allons! Paris n'est pas encore la Babylone moderne, la ville toute en moellons entassés sur un sol pourri. Comme ces vieilles femmes qui ont gardé un sourire jeune et un regard naïf, l'antique cité a toujours des coins de fraîcheur et de bonne simplicité.

Rien n'est perdu, tant qu'on y pourra trouver encore des bouleux et des violettes.

Grand Évènement de Petite Ville

Le spectacle ne pouvait manquer d'être curieux. Tout le monde en parlait d'avance. Il y
avait un écho là-dessus dans tous les journaux
de la localité. Il fallait aller voir ça.

C'était une antique tradition abolie qu'on
renouvelait. Les enfants sautaient de joie, rien
que d'y penser. Rappelant leurs souvenirs, les
vieillards en pleuraient d'attendrissement.

Vraiment, c'eût été faillir aux devoirs les plus
sacrés du *peintre-de-mœurs*, que de ne pas
assister à la petite fête.

J'ai donc pris mon courage à deux mains, l'omnibus et des provisions de route, et m'y voici.

En pleine province, à cent lieues des fièvres
parisiennes, dans un coin perdu tout confit en

placidité, tout endormi par le ronronnement des
gens et des choses.

. Un grand mail planté de vieux arbres, avec
un jet d'eau élancé dans le mitan, un jet d'eau
qui chante comme une berceuse. Autour, sous
les branchages savamment émondés, des allées
de sable où joue la marmaille, des bancs de
bois peints en vert, des chaises de campagne,
propices aux somnolences des bourgeois, aux
rêveries des amoureux, aux aveux des bobonnes
et des tourlourous.

Les maisons qui bordent le mail ont un air
officiel. Ce doit être la mairie, la sous-préfecture, le tribunal, le collège. Pourtant, il y a des
boutiques en bas, et force restaurants. Mais boutiques et restaurants semblent d'un autre âge.
Tout cela est à la mode de jadis. Chaque devanture pourrait arborer la fameuse enseigne : *A
l'instar de Paris*. C'est *à l'instar*, en effet, et
rien de plus.

A l'instar aussi sont les braves gens qui flâ-
nent devant ces boutiques, sortent de ces restaurants, se promènent dans les allées, lisent les
gazettes sur les chaises de paille. Comme le

décor, ils paraissent d'une époque lointaine, et leurs figures même ont je ne sais quoi de patriarcal, introuvable à Paris, qui fait songer à d'anciens romans enfouis dans les derniers cabinets de lecture.

Heureuses gens, qui coulent dans cet endroit paisible des instants exempts de souci, qui digèrent là, chaque jour, loin du tumulte, et qui se régalent d'harmonie deux fois par semaine, aux métalliques accords de la musique militaire !

Mais aujourd'hui, leur paix est troublée. Une agitation inconnue *se peint* sur leurs calmes visages. On va, on vient, on parle haut. *En croirai-je mes yeux ?* Il y a des vieillards qui courent.

C'est la fête promise, c'est le spectacle annoncé, c'est le grand événement qui révolutionne la petite ville.

Vers un bout du mail, tout le monde se hâte, sans distinction d'âge ni de sexe. Les sexagénaires allongent leurs pauvres jambes ratatinées, et arrivent en branlant le chef, leurs bésicles relevées sur le front. Les duos des bobonnes et des tourlourous se sont brusquement interrom-

pus. Des nounous prennent le galop, se croyant
en retard pour assister à la chose, et entraînent
à la volée, derrière elles, des grappes de bébés
dont les pieds ne touchent plus le sol.

Et l'on entend déjà les cris sourds d'enthou-
siasme, en même temps les craintes vaguement
exprimées. Car il n'est pas sûr encore que la fête
ait lieu. Tout dépend du temps qu'il va faire
au moment précis. Les précautions sont bien
prises pourtant ! Mais quoi ! Le ciel de mars est
si capricieux !

Hélas ! il le fut, capricieux. Quel ciel mal-
veillant ! A coup sûr, il l'a fait exprès. Il en
veut à tous ces braves gens.

Ils étaient là tous, émus, anxieux, ne deman-
dant qu'à s'épa-
nouir dans la joie
promise, la figure
toute prête à s'il-
luminer. Les uns
contemplaient le
firmament, avec
des regards pleins
de prières, et pres-

que les mains jointes. D'autres fixaient leur attention sur le cadran de leurs montres, et, sans le quitter de l'œil, répondaient fébrilement aux interrogations muettes de la foule :

— Encore une minute !

— Encore vingt secondes !

— Encore quatre secondes !

Soudain il se fit un religieux silence. Dans l'air ébranlé, la cloche de l'église prochaine laissa s'envoler un lent sanglot de bronze. Toutes les têtes se levèrent avec angoisse vers la nue où le soleil ne paraissait point, et toutes retombèrent, mornes et désespérées.

Le canon du Palais-Royal, replacé aujourd'hui sur son antique socle, venait de faire le premier choublanc de sa nouvelle série.

Paris-Province

Il y a encore des coins de province à Paris.

En vain les boulevards fouillent dans tous les sens et éventrent les lointains faubourgs. En vain, sous les lourdes et hautes bâtisses à cinq étages, les enclos écrasés perdent peu à peu leurs vertes chevelures. En vain, pour ces vieux retraits bourgeois, le cornet aigu des tramways sonne comme une trompette de Jéricho.

Malgré tout, certains quartiers tiennent bon contre l'envahissement. Ils gardent leurs rues où pousse l'herbe, où picorent les poules, où sèche le linge sur les haies. Ils cachent leurs maison-nettes sous les vignes vierges, les glycines, les clématites, les volubilis, qui grimpent aux fenêtres. Ils ont des tonnelles et des venelles.

Au bout, tout au bout des lignes d'omnibus, mais cependant encore dans la grand'ville, avant les talus des fortifications, du côté de Montrouge, de Vaugirard, de Ménilmontant, et même des Ternes, non loin de l'Arc de Triomphe, on a parfois la sensation d'errer à travers les tranquillités d'une sous-préfecture.

Il y a encore des coins de province à Paris.

Les gens ont l'allure douce, la figure béate, la parole *plan plan*, de petits rentiers inoccupés. Ils devisent sur le pas des portes. Ils ont de longues et paisibles discussions touchant la température, et finissent généralement par tomber d'accord sur cette conclusion conciliante, à savoir qu'il fait assez chaud, mais que le fond de l'air est peut-être un peu frais.

Là fleurissent toujours, immuables en dépit de la mode, les gilets à sous-ventrière, les grosses breloques en cornaline, les pantoufles brodées d'attributs ingénieux, les chemises au plastron à mille plis, les calottes grecques, les redingotes à la propriétaire, tous les ajustements

d'un autre âge, qui paraissaient déjà antiques
quand nous sommes nés, qui nous font rire
dans les caricatures d'il y a trente ans, et que
nous pensions abolis à jamais.

Là j'ai vu, de mes yeux vu, des cols-cravates
en crin, des pantalons de nankin, des casquettes
à oreillères, des culottes à pont.

Là on trouve des cercles de joueurs de quilles,
où des vieillards, rasés tous les dimanches,
viennent s'exercer en manches de chemises, les
bretelles battant les cuisses, et se reposent ensuite en fumant des pipettes à couvercle de
cuivre, de petites pipettes qu'on ne rencontre

17

plus dans aucun bureau de tabac, et qu'ils allument avec un briquet et de l'amadou.

Dans les jardins entourés de treillages, des
ménagères blanchissent elles-mêmes leur linge,
aponichées devant un baquet mousseux, tambourinant du battoir, les bras rouges et les
mains toutes blêmes, de grosses mains à la peau
mortifiée.

Le ruisseau, qui passe au milieu de la rue,
reçoit par une rigole en plein air l'eau épaissie
de crasse et de savon noir, gluante, marbrée de
larges taches huileuses et bleues, qui s'étalent
et s'évaporent lentement.

Les pommiers rabougris, les poiriers nains,
sont reliés par des cordes qui plient au poids des
chiffes flottantes. Le gazon chauve disparaît sous
les draps éblouissants de splendeur, où les premiers lilas, secoués par le vent, font pleuvoir
comme des gouttes d'améthyste.

A travers le parfum des fleurs, on respire la
forte et saine odeur de la lessive; et, les yeux
fermés, on se croirait là-bas, tout là-bas, dans
la campagne où, tout enfant, on restait des
heures entières devant le lavoir, à regarder les

bulles de mousse descendre et faire l'arc-en-ciel
au fil de l'eau.

Il y a encore des coins de province à Paris.

— Voilà l' rétameur !

A la cantilène de l'ouvrier nomade, les ménagères quittent leur baquet, et apportent des
casseroles, des cafetières, de vénérables Du-
belloir. Il en a déjà sa charge, le *chineur* ! Car
c'est un *chineur*, celui-là. Non pas un de ces
rétameurs qui racolent des besognes pour un
patron, et qui travaillent en boutique ; mais un
errant, qui campe au fond de ce terrain vague,
que vous voyez d'ici après le tournant de la
rue.

Faisons comme les goussepains qui lui servent d'escorte ; suivons-le. Il arrive, jette ses
cuivrailles sonores à terre, allume son réchaud,
compose lui-même son alliage, y ajoute du
soufre, de l'étain, souffle les charbons. Un
cercle de marmots l'admire. Il chante une chanson de son pays, et songe au jour où il retournera se payer un lopin de bien avec une vigne
au soleil, après avoir si longtemps rafistolé les

vieilles casseroles, après avoir crié si longtemps par les rues :

— Voilà l' rétameur !

Le soir est venu, enveloppant encore de calme

ce calme quartier, où les mille rumeurs de la capitale ne filtrent qu'assoupies, confuses, lointaines, pareilles au ronron d'une mer dont on est séparé par une forêt.

Seul, un orgue de Barbarie, dans la rue prochaine, égrène mélancoliquement les notes d'une valse lente et dolente qu'un pauvre chien de vieille fille accompagne de ses lamentations.

D'un trottoir à l'autre, les *demoiselles* jouent au volant, aux grâces.

Sur le sable des jardins, les gamines bourdonnent des rondes d'autrefois, interminables, avec des *you, you*, après lesquels le refrain recommence.

Le long des maisons, les chats furtifs apparaissent, miaulant d'une voix très douce, s'appelant, regardant si on les voit s'enfuir à la pretantaine.

Les gens se disent bonsoir, et l'on se quitte au seuil des allées, en constatant une dernière fois qu'il fait assez chaud, mais que le fond de l'air est un peu frais.

Il y a encore des coins de province à Paris.

Effets de Brouillard

Paris-Londres

ST-CE Paris, en effet, ou bien est-ce Londres, cette ville embrumée ? Plus de ciel. Plus de contours aux objets. Plus de couleurs même. Les lignes, les taches, les lueurs, tout s'estompe et se fond dans un jaune sale et uniforme. Jusqu'aux bruits qui s'étouffent sous l'épaisseur molle du brouillard.

Les voitures semblent rouler sur du coton.
Les passants ont des allures de fantômes qui
glissent. Les choses prennent des formes de
vagues apparitions. On croirait marcher dans
un rêve.

Un vilain rêve, d'ailleurs. Les yeux souffrent
de cette ombre qui n'est pas tout à fait ombre,
de cette lumière obscure. On écarquille ses paupières, on dilate ses pupilles en vain. Cela vous
produit un picotement humide. On sent de la
fumée vous entrer dans les regards, qui se
brouillent, et vous chatouiller désagréablement
la sclérotique, qui larmoie.

A la gorge aussi vous monte cette fumée.
On ferme instinctivement la bouche, mais les
narines se plaignent d'autant; car le brouillard
pue.

Avez-vous remarqué cette odeur? Les sa-
vants l'appellent une odeur *sui generis*. Il y a
dans cette odeur comme un relent de drap
mouillé, de caniche malpropre, de caoutchouc,
de mauvais cigare plusieurs fois rallumé. Lon-
dres fleure cela en tout temps. On reconnaît
les Anglais partout, à cette puanteur qu'ils

emportent dans les plis de leurs jaquettes qua-
drillées et dans les fils de fer de leurs favoris
roux. Par le brouillard, Paris semble plein
d'Anglais.

Le soir seulement, le brouillard s'égaie. La
note dominante, le jaune, demeure toujours et
s'accentue ; mais non plus sale. Le jaune des
becs de gaz y pique ses rehauts de cuivre et d'or.
Autour d'eux, la brume s'échauffe, se volatilise,
se paillette, chatoie. Cela fait un nimbe délicat
dont le bord va se fondant dans une teinte opa-
line, avec des dégradations insensibles, par une
sorte de pointillé à la manière noire.

Néanmoins, c'est triste encore. Le brouillard
ne saurait être joyeux. Et, en somme, la flamme
des becs de gaz, dans sa lanterne de verre, au
milieu de ces ténèbres, fait songer à un papillon
qui agoniserait dans une cage, au fond d'une
cave enfumée.

Hallucination

Est-ce une hallucination que j'ai eue ? Avais-je l'imagination surchauffée par quelque noire lecture, tercets dantesques rougis à la flamme des fournaises infernales, promenades avec Edgar Poe dans des fantasmagories d'alcoolique, courses affolées à la suite de Dickens cherchant un enfant perdu parmi les ténèbres d'un pays de mineurs ? Est-ce en ma cervelle, détraquée soudainement, que surgit cet étrange tableau devant lequel je dus m'arrêter, prunelles écarquillées, bras ballants, bouche béante ? Cette idée-là me vint, avant toute autre. Oui, oui, c'est bien une hallucination. Il n'y avait pas à en douter. Jugez-en plutôt.

18

C'était la nuit, une nuit rendue plus épaisse encore par le brouillard, si bien que, malgré l'opacité des ombres, on y sentait le ciel bas, pesant. Sans les voir, on comprenait que les nuages, à ras du sol, se crevaient les entrailles aux angles des toits.

C'est par ces blessures que coulait cette brume, comme du sang fumeux, blafard, à l'odeur fade. On en avait le cœur alourdi, les poumons engorgés, le nez empuanti, les yeux englués, et toute la peau moite et visqueuse. La terre elle-même en était détrempée. On l'eût dite tapissée de coton humide. On marchait dans quelque chose de mou qui s'écrasait sans bruit sous les pieds.

Brusquement, un astre rouge, chevelu de rayons, hérissé d'étincelles, m'apparut au tournant d'une porte grande ouverte. Il n'était pas dans le ciel, mais sortait d'en bas. Sa couleur était foncée, sale, de ce pourpre obscur qu'ont les chairs gonflées d'un abcès. Il luisait, toutefois, et terriblement, dans ces ténèbres où il faisait un trou de feu. Par moments, il ardait et flamboyait plus fort, élargissant soudain, jusqu'au plus profond de la nuit environnante, des déchirures de lumière. Et alors on entendait un sinistre grésillement qui fusait dans le silence, tandis qu'un panache de vapeur montait en bouffée énorme, coloré par dessous, semblable à un gros oiseau au ventre rose.

Le premier éblouissement passé, je vis comment s'alimentait cet astre monstrueux, qui semblait sourdre du sol, et comment naissait cet étrange oiseau de vapeur. Mais, contrairement à ce qui a lieu d'ordinaire, l'explication me troubla plus encore que le mystère lui-même. Car, loin de donner la paix à mon esprit désorbité, elle le rejeta plus stupéfait dans une hallucination nouvelle, dont la force était d'autant plus grande que les détails en paraissaient plus vivement vivants. La vision de tout à l'heure pouvait n'être qu'un rêve ! Mais la vision de maintenant s'incarnait dans des êtres humains, à la forme précise et brutale.

Des hommes, en effet, non des démons de cauchemar, mais bien des ouvriers d'allure moderne, allaient et venaient autour de ce brasier. La sueur traçait des rigoles luisantes,

pareilles à des chemins de limace, sur leurs
faces barbouillées de suie. Leur poitrail velu
montrait ses poils roux dans l'angle ouvert de
la chemise. Leurs bras noueux, où les muscles
et les tendons faisaient des paquets de cordes,
gesticulaient furieusement. Pas un cri, d'ailleurs, pas un mot, qui animât leur lugubre
escouade et rythmât leur besogne forcenée. Ils
travaillaient, muets et féroces, ne vivant que
par leur sinistre pantomime, tantôt ensanglantés
dans le reflet des flammes, tantôt se noyant
dans l'ombre où ils rentraient et avec laquelle
ils semblaient refaire corps peu à peu.

Besogne forcenée et incompréhensible, d'ailleurs! Car, ce que les uns faisaient, les autres
s'acharnaient à le défaire. Les uns accouraient,
traînant des chariots de fer où rutilait du feu,
et ils précipitaient ces blocs incandescents dans
le brasier qui s'avivait alors. Les autres, sur
ces pourpres nouvelles, jetaient à la volée de
grands seaux d'eau qui se muaient en cette
vapeur semblable à un oiseau au ventre rose.
Et toujours les uns versaient du feu, et toujours
les autres versaient de l'eau. Et je me deman-

dais à quel supplice absurde étaient donc sou-
mis ces damnés, dans cet enfer inconnu.
N'était-ce pas un enfer, en effet, que cette vaste
cour noire, entourée de hauts pilastres qui
portaient à leur sommet une gerbe rouge de
flammes toutes droites !

Oh ! oui, c'était bien là une hallucination !
Oui, je sortais sans doute de quelque sombre
lecture, tercets dantesques forgés aux fournaises
des ténèbres infernales, rêves alcooliques d'Edgar Poe, affolements de Dickens dans les pays
démoniaques des mineurs ! Oui, j'avais la cervelle détraquée, et de fantastiques images y
dansaient éperduement une ronde abominable !
Et si vous voulez avoir cette vision, cette hallucination, ce détraquement, vous n'avez qu'à
aller un soir, par un brouillard opaque, devant
la porte ouverte de l'usine à gaz qui se trouve
avenue de Wagram, au coin de la rue de Cour-
celles.

Après avoir passé la porte des Ternes, sur l'avenue du Roule je roulais, dans un brouillard d'une épaisseur érébique, puant le remugle, la suie et la chancissure.

Vagabondage de poète à la piste du cauchemar, plutôt que promenade de curieux en quête d'observations précises ; car, en vérité, il n'y a pas grand'chose à piquer de l'œil dans ces demi-ténèbres opaques. N'oubliez pas qu'elles vous escortent comme d'un paravent bleuâtre obstinément dressé tout autour de vous à six pas à la ronde. L'esprit seul y peut goûter quelque charme, se laissant pénétrer par cette humidité flottante, où il flotte, lui aussi, solitaire, sur les

ailes de chauve-souris de quelque imagination
mélancolique.

Et je ne m'attendais donc pas à *voir*, mais je
me contentais de *sentir*, confusément, obscuré-
ment, d'ailleurs, sans même le désir de formuler
les vagues impressions subies, noyé jusqu'à
l'âme dans le brouillard, et comme qui dirait
brouillard moi-même.

C'est alors, au plus profond de cette noyade,
que je fus soudain heurté par le cauchemar,
souhaité peut-être, mais en rêve seulement, et
qui vint, en poignante réalité, au contraire,
surgir et pantomimer macabrement devant
moi.

Deux jeunes filles se tenant par la main,
comme deux sœurs, vêtues pareillement, d'une
robe noire, d'un bonnet ruché et d'une pèlerine
mauve, me frôlaient. Et des brucolaques appa-
raissant ne m'eussent pas étonné davantage. Car
c'étaient deux monstres difformes, l'une boiteuse
et borgne, l'autre goîtreuse et bossue, et pourtant toutes deux de très douce allure, se parlant
avec des tendresses de petites amies et se
pavanant en quelque sorte dans l'ignorance

de leur laideur et l'innocent oubli de leur dif-
formité.

Et avant que j'eusse pu réfléchir sur cette
étrange vision, voici que deux autres amies sui-
vaient, se tenant aussi par la main, en robe
noire, bonnet ruché et pèlerine mauve, semblables au premier couple par l'inconscience,
mais diversifiées quant à l'horreur, puisqu'au
lieu d'une boiteuse accompagnant une bossue
goîtreuse, c'était maintenant une hanche déjetée
qui sautillait auprès d'une jambe béquillarde.

Et un troisième couple venait à la file, et un
quatrième ensuite, et un autre, et un autre
encore, et tous portaient ce même uniforme de
robe noire, bonnet ruché et pèlerine mauve, et
tous arboraient quelque monstrueuse déviation
du corps ou laide infirmité du visage, ou les
deux réunies en la même personne ; et ces
hideurs variaient à l'infini, comme si un sculp-
teur diabolique se fût amusé à inventer, en tor-
turant ces malheureuses, toutes les façons ima-
ginables de détériorer et de cauchemardiser la
noble statue humaine.

Si bien qu'un grand moment s'écoula, pen-

19

dant lequel mon esprit doutait de lui-même, et
se demandait par quel bizarre phénomène ma-
gnétique la boussole de mon jugement avait pu
se désaimanter au point de danser cette folle
danse d'hallucination.

Apparemment je me trouvais en proie à une
maladie de ce genre, quoique non hypnotisé par
quelque drogue de pharmacie paradisiaque, mais
bien par le simple effet du brouillard que mon
imagination condensait en ces fantômes.

Ainsi pensais-je, immobile et muet, les pieds
fixés au sol ainsi qu'un cataleptique changé en
cariatide, cariatide écrasée sous le poids de cette
brume si lourde et de ce rêve si « vu ». Et je
demeurais là, stupide, effaré, les yeux tout
grands ouverts comme pour mieux m'emplir la
tête de ce cauchemar, tandis que la procession
continuait et menaçait de continuer sempiter-
nellement.

Ainsi qu'un décor qui rentre dans les frises
au coup de sifflet du machiniste, ainsi l'hallucination se dissipa soudain à l'apparition finale
d'une cornette blanche, qui me fit l'effet d'une
étoile montrant enfin le pôle au naufragé. Car

je reconnus tout de suite les larges ailes d'un bonnet de religieuse, non contrefaite à la façon de ses élèves, et en qui la statue humaine se replaçait devant mes yeux, correcte, noble et naturelle.

Par un reste de doute, ne me fiant pas encore à ma raison revenue, j'abordai la sœur et lui demandai quelle était cette étrange pension. Et ce fut avec un soulagement réel que j'appris l'existence de l'asile Mathilde, voué à l'orthopédie sous l'invocation de Notre-Dame des Sept-Douleurs.

De joie, même, je poussai un éclat de rire, me sentant définitivement débarrassé du cauchemar. Oui, je le poussai très haut, en sorte que les pauvres infirmes ont pu croire que je me moquais d'elles, en abominable et féroce homme bien bâti, tandis que réellement je bafouais ma propre infirmité poétique, qui m'avait fait voir un coin de l'enfer du Dante sur l'avenue du Roule, et le royaume fantastique des épouvantements près de la porte des Ternes.

C'est par les hivers comme celui-ci, ni froids,
ni pourris, ni ensoleillés non plus, hivers où
n'étincelle point le mica des gelées, où ne fleurit
pas la pâquerette du givre, où ne tourbillonnent
pas les papillons de la neige, où le ciel n'est pas
même rayé par les vertes hachures de la pluie,
hivers de brume légère que ne déchire aucun
rayon, hivers de vague lumière incolore et
diffuse, c'est par ces temps-là qu'il faut voir les
paysages de la banlieue parisienne, si l'on aime
à savourer leur fine et pénétrante mélancolie, si
l'on est de ces modernistes enragés qui trouvent
un charme étrange aux arbres sans feuilles, aux
bâtisses sans architecture, aux horizons sans

ligne, aux firmaments sans pourpre, à l'atonie
de la nature affaissée et muette dans une somnolence de vieille valétudinaire.

La route est morne et molle. La terre ne sonne
pas sous les pieds, avec ce bruit métallique
qu'elle a quand le froid l'a durcie. Elle ne s'es-
claffe pas non plus en flaques de bouc aux fusées
jaillissantes. Elle fait bosse, résiste un peu, puis
cède, moule le soulier et s'écrase silencieusement, grasse et visqueuse ainsi que de la glaise.
Il semble qu'on s'y enlize, qu'elle veut vous
retenir, et malgré soi l'on s'arrête, pris à la fois
par cette confuse étreinte et par l'immobilité des
choses qui vous entourent, comme si l'on se
sentait devenir immobile soi-même, comme si
l'on avait peur d'être seul vivant dans cette
pénombre crépusculaire où tout dort d'un mystérieux sommeil.

Nues et ternes, les maisons de campagne ont
l'air de grands tombeaux, avec leurs persiennes
closes qui ressemblent à des paupières fermées.
Leurs jardinets malingres, aux grilles de fer
rouillé, aux treillages de bois dépeint, rappellent les petits enclos des cimetières. Sous la

grotte en rocaille on cherche le globe de verre
cachant une couronne en perles blanches. La
vasque du jet d'eau a l'air d'un bénitier. Et,
parmi les buis, à travers les frondaisons en deuil
des ifs et des fusains, on s'attend à voir la plaque
de pierre où sont gravés les noms et les vertus
d'une famille défunte.

Les arbres décharnés profilent sur la nue pâle
leurs silhouettes d'une maigreur élégante et
quasi artificielle. Aucune haleine ne les anime.
Les plus minces brindilles elles-mêmes sont
calmes. Elles paraissent n'être plus en bois,
mais en fil de fer. Ou plutôt, l'absence de
lumière vive leur enlevant tout relief, elles
donnent l'idée d'un dessin plat, exécuté par
quelque méticuleux professeur d'écriture qui
aurait mis de longues heures à les entre-croi-
ser une à une, avec une patience niaise. Leur
lacis criblant le ciel incolore, autant d'innombrables et menus traits de plume sur la teinte
neutre d'une page de bristol. Et cela fait songer aussi aux feuilles sèches, disséquées fibre
à fibre, et devenues fines comme des toiles
d'araignée, aux pauvres feuilles sèches qui effi-

loquent leur dentelle dans un album de petite
pensionnaire.

Là-bas, aussi loin que l'œil peut regarder à
l'horizon plein du coton des brumes, les hautes
murailles des fabriques se confondent avec le
firmament, où la ligne des toits flotte indécise et
vaporeuse. Les cheminées des usines s'estom-
pent vaguement, sans qu'on puisse distinguer
leurs panaches de fumée qui se noient dans
l'atmosphère aussi incolore que leurs flocons.
Et, pour peu qu'on s'obstine à chercher où finit
leur faîte dont les arêtes se dégradent insensiblement, on arrive à les imaginer à l'envers,
reliées au ciel par cette fumée qui fait corps
avec le brouillard. L'éloignement et l'épaisseur
de l'air donnent à leur obélisque de briques
comme une apparence fluide, et le font prendre
pour quelque étrange et lointaine stalactite de
nuage.

Sur les glacis des fortifications, l'herbe rase
et pelée ne semble plus verte. Peut-être l'est-elle
de près. Mais à distance, vue à travers le voile
du demi-jour et sous les plis d'une bruine traî-
nante, elle blêmit et s'efface ainsi qu'une étoffe

déteinte. On dirait de l'étoupe, de la ouate
bleuâtre. Elle aussi, comme les toits des fabriques, comme les cheminées des usines, elle
perd insensiblement sa nuance dans le ton général de l'horizon, pareil à un lavis uniforme,
où toutes les couleurs s'apaisent, s'éteignent,
se fondent, s'anéantissent, jusqu'à n'être plus
qu'une espèce de blanc à la fois sale et laiteux,
sans profondeur d'ombre et sans accroc de
lumière.

Et tout, même les gens qui passent, même les
choses qu'on porte sur soi, le bout de mouchoir
qu'on a au coin de la poche, le nœud du foulard
qu'on se met au cou, le papier de la cigarette
qu'on fume, tout se ternit, et pâlit, et mollement
s'évapore en cette brume fine et pénétrante.
Et l'on devient comme une brume soi-même,
n'ayant plus que des sensations indécises, que
des idées noyées. Et l'on s'abandonne à savourer, sans réfléchir, cette mélancolie mystérieuse
des banlieues parisiennes endormies dans le
brouillard, ce charme étrange des arbres sans
feuilles, des horizons sans ligne, des firmaments
sans pourpre. Et si l'on essaye de noter ce qu'on

éprouve, on s'aperçoit qu'on vient d'être comme un instrument passif sur lequel la nature, dans une somnolence de vieille valétudinaire, a joué en passant un motif de la grande symphonie en gris.

20

TABLE DES MATIERES

Il fait Froid :

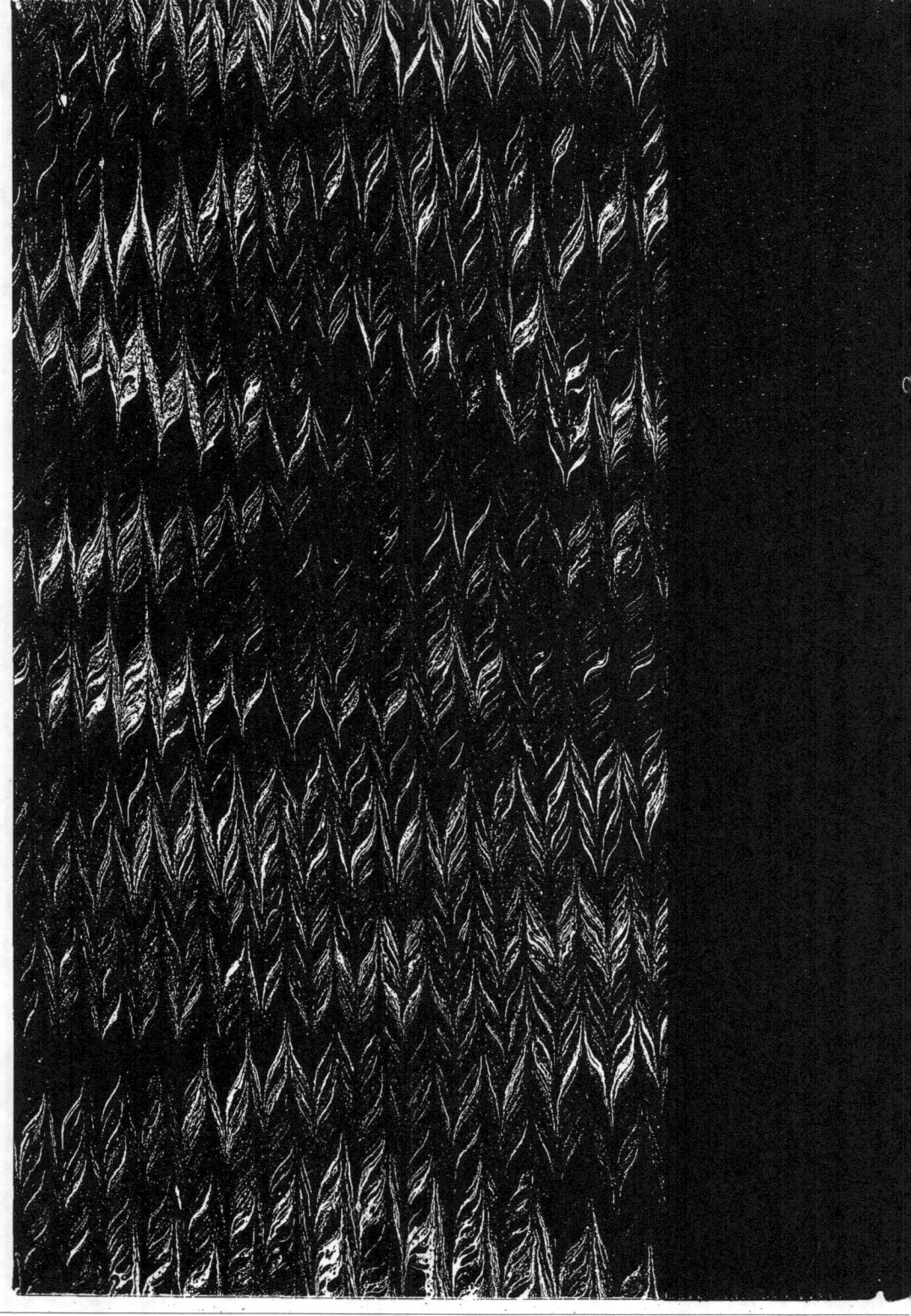

J. RICHEPIN

Paysages
et
Coins de Rues